Isaac Bábel

O EXÉRCITO DE CAVALARIA

TRADUÇÃO E APRESENTAÇÃO
Aurora Fornoni Bernardini
Homero Freitas de Andrade

PREFÁCIO
Henrique Balbi

3ª EDIÇÃO

EDITORA
NOVA
FRONTEIRA

Título original: *Konármia*

Direitos de edição da obra em língua portuguesa no Brasil adquiridos pela Editora Nova Fronteira Participações S.A. Todos os direitos reservados. Nenhuma parte desta obra pode ser apropriada e estocada em sistema de banco de dados ou processo similar, em qualquer forma ou meio, seja eletrônico, de fotocópia, gravação etc., sem a permissão do detentor do copirraite.

Editora Nova Fronteira Participações S.A.
Rua Candelária, 60 – 7º andar – Centro – 20091-020
Rio de Janeiro – RJ – Brasil
Tel.: (21) 3882-8200

Imagem de capa: Fine Art Images/Heritage Images/Getty Images

CIP-Brasil. Catalogação na fonte
Sindicato Nacional dos Editores de Livros, RJ

B113e
3. ed.

Bábel, Isaac, 1894-1941
    O exército de cavalaria / Isaac Bábel; tradução e apresentação Aurora Fornoni Bernardini, Homero Freitas de Andrade; prefácio Henrique Balbi. - 3. ed. - Rio de Janeiro: Nova Fronteira, 2021.
    168 p.; 23 cm.   (Clássicos de Ouro)

    Tradução de: Konármia
    ISBN 9786556400259

    1. Contos russos. I. Bernardini, Aurora Fornoni. II. Andrade, Homero Freitas de. III. Título. IV. Série.

20-63452   CDD: 891.73
                          CDU: 82-34(470+571)

Leandra Felix da Cruz Candido - Bibliotecária - CRB-7/6135
03/03/2020 10/03/2020

Sumário

Prefácio – Encarando Isaac Bábel, por Henrique Balbi 7
Apresentação, por Aurora Fornoni Bernardini e
Homero Freitas de Andrade 11

O Exército de Cavalaria 21

A travessia do Zbrutch 23
A igreja de Novograd 25
Uma carta 28
O chefe da remonta 32
Pan Apolek 34
O sol da Itália 41
Guedáli 44
Meu primeiro ganso 47
O rabino 51
O caminho de Bródy 54
Teoria da *tatchanka* 56
A morte de Dolguchov 59
O *combrig* da Segunda 63
Sachka, o Cristo 65
Biografia de Matviéi Rodiónytch Pávlitchenko 70
O cemitério de Kózin 75
Prichtchepa 76
História de um cavalo 78
Kónkin 82
Berestietchko 85
O sal 88
A noite 92
Afonka Bida 95
Na igreja de São Valentim 101
O comandante de esquadrão Trúnov 105
Os Ivans 112
Continuação da história de um cavalo 118

A viúva	120
Zámostie	124
Traição	128
Tchésniki	132
Depois da batalha	136
A canção	140
O filho do rabino	143
Argamak	145
O beijo	150
Nota dos tradutores	155
Glossário	161

Prefácio
Encarando Isaac Bábel

Ao ouvir "literatura russa", talvez se pense imediatamente numa foto de autor em preto e branco. Nela se vê um homem de expressão grave, com a testa e as sobrancelhas franzidas, exaustas de tanto carregar o peso de indagações filosóficas profundas, como a existência de Deus, o sentido da vida, a relatividade da moral. O escritor imaginário costuma ter barbas longas, que lhe dão um ar de profeta ou eremita, de quem nunca sorriu na vida, como convém a um homem torturado metaforicamente pelo seu árduo dever artístico ou literalmente por um dos tantos regimes autoritários a que a Rússia já assistiu. Esse homem talvez esteja cercado de exemplares de seus livros, todos eles grossos, calhamaços de centenas de páginas, romances que ocupam vários volumes, não raro com glossários e listas de personagens, com seus nomes, sobrenomes e apelidos, enfim, um amontoado de palavras estrangeiras cheias de consoantes, que desafiam os leitores brasileiros. Mas essa imagem — que se costuma associar a um Fiódor Dostoiévski ou a um Liev Tolstói — não se aplica bem a Isaac Bábel.

De cara, ele frustra quem espera as barbas longas e a expressão grave. Há fotos suas com o queixo liso, a calvície avançada e, heresia suprema, até um esboço de sorriso, meio debochado. Olha para a câmera por trás dos óculos redondos, pequenos, como quem se prepara para atirar uma frase curta e afiada, de ironia tão dolorida quanto saborosa, uma de suas punhaladas verbais: "A velhice estúpida não dá mais pena do que a juventude covarde." Poderia ser essa, do narrador de um de seus contos, ou outras; o arsenal de Bábel é vasto.

Para além da barba e do cenho, seu estilo também contrasta com a imagem convencional dos escritores russos. Diferentemente de Tolstói e Dostoiévski, que têm entre seus hits romances tão longos que rendem leitura por meses (às vezes anos), Bábel preferia os contos e a concisão. Como lembra Bruno Barreto Gomide em "Isaac Bábel, mestre do fragmento",[*] o próprio autor russo estava ciente dessa particularidade

---

[*] Disponível em https://cultura.estadao.com.br/noticias/artes,isaac-babel-mestre--do-fragmento,293465.

e a exibia com orgulho. Disse certa vez que, enquanto Tolstói poderia narrar minuto a minuto tudo que viu e fez num dia, ele preferia ir direto aos cinco minutos mais interessantes.

E que cinco minutos. Se outro mestre russo do conto, Anton Tchékhov, tinha apreço por histórias de apatia e decadência, de lenta desagregação psicológica e social, Bábel vai por outro caminho. Concentrava nos seus textos episódios de guerra, de morte, de violência, de emoção, de amor, de azar — histórias de alta voltagem e grande tensão. Cada conto de Bábel abre uma janela para um mundo cômico e cruel, lírico e irônico, sutil e brutal, onde muitas vezes não se pode distinguir a fronteira entre um aspecto e outro. Um mundo, em resumo, como o nosso.

Mas Bábel não é apenas ruptura, um autor tão diferente e estranho que estaria desligado da sua tradição. Pelo contrário: porque a conhecia em profundidade, ele criou sua poética particular. Isso vale para a tradição judaica, que assimilou com rigor; para a literatura francesa, que cultivava com paixão, em especial as histórias de Flaubert e Maupassant; e para a literatura russa.

O tema da guerra e do conflito armado, por exemplo, é uma das linhas de continuidade entre Bábel e seus antecessores russos. É um assunto que aparece em *Guerra e paz* ou nos contos de juventude em que Tolstói narra as campanhas militares em Sebástopol. Antes, há o romance *A filha do Capitão*, de Aleksandr Púchkin, obra de inspiração romântica, mas que contém germes do realismo e da concisão que seriam reinventados por Bábel, tanto neste *O Exército de Cavalaria* quanto em outras narrativas.

Também é um traço de continuidade entre Bábel e seus conterrâneos a relação conflituosa, destrutiva, que o Estado russo lhes impôs. Censura, prisão, tortura, ameaça, sentença de morte — foi o que ocorreu com Bábel durante o regime stalinista e com outros colegas de ofício, no mesmo período autocrático ou antes, sob o czarismo. Entre tantas tragédias humanas, a fúria do autoritarismo deixou também uma literária: o desaparecimento de inéditos de Bábel, com certeza tão potentes quanto os que sobreviveram. Os que, ao contrário das tiranias, sobreviverão.

Sobram então motivos para se ler *O Exército de Cavalaria*. Porque é uma chance de desfazer os clichês que temos da literatura russa. Porque é uma leitura ágil, vivaz, poderosa. Porque Bábel resiste e deve ser conhecido. Porque seus contos marcaram autores do calibre de Jorge Luis Borges, Philip Roth, Rubem Fonseca, George Saunders. Porque Bábel captura as contradições de uma época, de um lugar. Porque elas o ultrapassam, chegam até hoje, até nós. E também porque as palavras de Bábel, tão expressivas, plásticas e certeiras, valem mais, bem mais, que mil imagens, sejam elas fotos de autor ou não.

Henrique Balbi
Jornalista e escritor

Apresentação

A cavalgada do jovem oficial judeu — o narrador que se esconde, na maioria das vezes, sob o nome de Kirill Vassílievitch Liútov — pelos campos floridos da Polônia arrebata o leitor desde o primeiro conto. O contraponto da natureza inebriante acompanha, com suas metáforas surpreendentes, todos os movimentos da obra. Ora é o sol, caindo no horizonte feito uma cabeça decepada; ora é a lua-lagarto, que observa nas cavernas bolorentas da igreja de Novograd as caveiras cintilantes do palco esquecido da Polônia; ora é a força telúrica, que emana de Diákov ao reanimar uma égua desfalecida.

Os sentimentos, sempre profundos e violentos, são destilados; os estados de espírito são encarnados em figuras poderosas cujo grau de tensão é máximo. Assim, numa atmosfera intoxicante, onde paira odor de decomposição, a alma humana é desnudada, as paixões, dissecadas e a vida, "conhecida como ela é, até o fundo".

Todavia, à medida que prosseguimos, outros aspectos surpreendem. Já não são só metáforas sensórias, mas imagens de alto valor conotativo: os biscoitos com cheiro de crucifixo e "aromática fúria" do Vaticano, que *pani* Eliza oferece ao jovem cossaco; os velhos espiritualizados de cabeça branca e orelhas ossificadas, o monge traidor com seu hábito lilás, suas mãos gorduchas, e a alma "terna e implacável" como a alma de um gato; as estátuas dos santos, com a face corada e barba encaracolada, com toques de carmim; passagens subterrâneas; madonas enamoradas...

Assim, numa tensão crescente, os aspectos se opõem e se completam. Do concreto, que o autor concebe em sua complexidade, sabe dar abstrações reveladoras. Basicamente realista, com nuances ora expressionistas, ora góticas, ora surrealistas, seu estilo parece-nos hoje atualíssimo, lírico e abrupto, com pontos certeiros nos momentos cruciais que sabem penetrar no coração do homem mais glacialmente do que qualquer ferro. É com essa imagem que Bábel se refere à arte de Guy de Maupassant, um de seus mestres, no conto que leva o nome do escritor francês.

Lionel Trilling, na introdução à edição norte-americana de 1955 de *Collected Stories by Isaac Babel,* assim destaca determinados elementos da estética de Bábel ligados à sua concisão:

a busca da palavra (*le mot juste*) ou frase que produzirá seu efeito com uma rapidez implacável, seu extraordinário poder de distorção significativa, o esboço rápido, o notável deslocamento do interesse, a mudança de ênfase e, de maneira geral, sua maneira de apresentar os fatos numa perspectiva diversa daquela em que aparecem na "cópia fiel e autenticada".

Uma das preocupações de Bábel é fazer com que a história se narre por si mesma, através de um narrador que, aparentemente, não tem nenhum interesse pessoal pelo resultado dos acontecimentos. Entretanto, esse tom de aparente indiferença, que Trilling chama de "alegria lírica" no meio da violência, esconde seu desígnio:

> Sua preocupação intensa com a dura superfície estética do conto, com os acontecimentos e as coisas, é, logo percebemos, consanguínea do Universo, representativa de sua natureza, das circunstâncias inflexíveis nas quais existem os fatos humanos [...] E a aparente negação do *pathos* imediato é uma condição do *pathos* ulterior que o autor concebe.

A essa consanguinidade, Tolstói, outro mestre de Bábel, confere em seu *O que é a arte?* o nome de "contaminação", a qual atinge, em seu efeito, o próprio leitor.

Renato Poggioli, outro leitor atento e prefaciador da obra de Bábel na versão italiana de 1958, *L'Armata a cavallo e altri racconti,* observa que em O Exército de Cavalaria há duas tendências diferentes, e nenhuma delas predomina na estrutura e na atmosfera: uma é épica, a outra é patética (no caso, anti-heroica). A resultante lírica proviria, para Poggioli, da oposição entre o épico e o patético. Essa é a síntese poética, na qual, segundo o crítico italiano, Trilling teria pensado quando escreveu que mesmo quando Bábel "reevoca 'episódios de extrema violência', reage à brutalidade do fato com uma espécie de 'alegria lírica'".

Novamente, a síntese do jogo entre as duas tendências — a patética se sobrepondo à épica, mas esta, subjacente, despontando no final (o *pathos* imediato e o *pathos* ulterior) — dá-se no leitor, que sofre, estarrecido, o impacto da violência, mas não deixa de perceber nela, fascinado, a realização de um ritual de justiça tão primordial quanto uma lei natural; daí o efeito catártico.

As tentativas de reconciliação de elementos díspares, quando não contrários, têm seus paralelos psicológicos na vida e na visão de mundo do próprio Bábel. Tanto Trilling quanto Poggioli e Judith Stora-Sandor (em *Isaac Babel: L'Homme et l'œuvre*) — só para citar três bons críticos ocidentais de sua obra — mencionam o contraste fundamental entre as imagens que Bábel propõe do judeu e do cossaco: o primeiro, intelectual, mirrado e de óculos, e o segundo (o inimigo histórico dos judeus da Rússia, quando a serviço dos *pogroms* tsaristas), Bábel o aproxima à imagem do selvagem nobre, como a que dele propõe Tolstói em *Hadji Murat*.

Mesmo no interior da tradição judaica, a tentativa de Bábel é sintetizar uma série de tendências, apesar de antagônicas entre si. Em alguns de seus contos, como "Guedáli" ou "O filho do rabino", há um projeto de conciliação entre os elementos da tradição e a ideologia revolucionária, apesar de, em outros contos, o autor investir contra os aspectos fatalistas e negativos dessa mesma tradição.

O JOVEM BÁBEL

Isaac Bábel nasceu em junho de 1894, em Odessa, Ucrânia, no bairro da Moldavanka. Seu pai, comerciante judeu, exigiu que o menino se ocupasse com uma quantidade excessiva de estudos. E ele, nervoso e frágil, com constantes dores de cabeça, estudava com tanto empenho que aos nove anos conseguiu ser aprovado no exame de admissão à classe preparatória da escola secundária de Nikoláiev, não muito longe de Odessa (para onde a família tinha se mudado temporariamente), que respeitava o mais rigoroso *numerus clausus:* dos quarenta garotos admitidos por ano, só dois podiam ser judeus.

Aos dez anos, Bábel presenciou o *pogrom* contra os judeus, que eclodiu em Nikoláiev e em outras cidades onde eles tinham permissão para morar. Apesar de a família não ter sido atingida, o choque foi forte demais, e a criança ficou profundamente impressionada. O médico ao qual Isaac foi levado recomendou que voltassem para Odessa, onde encontraria especialistas e um clima mais ameno. Assim fizeram.

A influência benéfica desse ambiente sobre Bábel não tardou a se manifestar: a escola apaixonava-o e o clima o revigorava. Durante os intervalos saía com os colegas para o cais do porto, aprendia a nadar, jogava sinuca nos cafés gregos ou ia para as cantinas beber o vinho barato da Biessarábia. Seu professor de francês ensinou-lhe a língua e transmitiu-lhe o entusiasmo pelos clássicos de sua terra. Aos quinze anos, Bábel começou a escrever.

Em 1915, já formado pelo Instituto de Administração e Comércio de Kiev, resolveu ir para São Petersburgo — Petrogrado, na época —, onde tentaria publicar alguns de seus contos. Sem a autorização de permanência que era exigida dos judeus, teve que viver clandestinamente até que, depois de um ano, encontrou Maksim Górki, que o tomou sob sua proteção e publicou seus escritos pela primeira vez.

Após o sucesso de algumas reminiscências de sua juventude, tanto nas revistas de Górki *Lietopis* e *Nóvaia Jízn*, como em outros periódicos, resolveu alistar-se.

Lutou na Primeira Guerra Mundial (em 1917, no front romeno, durante o governo provisório), serviu como intérprete na Tcheká (órgão de repressão das atividades contrarrevolucionárias). Em 1918, durante a Guerra Civil, participou de expedições de requisição de cereais e, em 1920, o Partido Comunista de Odessa deu-lhe as credenciais para atuar, como correspondente de guerra, na Sexta Divisão do Primeiro Exército de Cavalaria, durante a guerra russo-polonesa, sob o comando do general Semion Budiónni. Bábel participou da campanha de junho a setembro, voltando doente para Odessa, onde reencontrou a família e a esposa, Evguênia Gronfein, com quem havia se casado em 1919.

Em Odessa, trabalhou para uma editora e continuou publicando na imprensa local esquetes e contos que havia escrito, reunidos na coletânea *Contos de Odessa,* de 1923.

"Somente em 1923", escreve ele em sua autobiografia (um documento que todo russo tinha de portar, junto com a identidade), "eu aprendi a expressar claramente meu pensamento, e de forma não muito extensa. Então, recomecei a escrever".

Esse recomeço coincide com a redação da coletânea dos contos ligados entre si que compõem *O Exército de Cavalaria,* publicado em 1926, livro que será considerado sua obra-prima.

A GUERRA COM A POLÔNIA

As origens da guerra com a Polônia remontam à primeira partição da Polônia, em 1772, entre a Prússia, a Rússia e o Império Austro-Húngaro. Estabelecida como país soberano após a Primeira Guerra Mundial, a Polônia, até então repartida entre as três potências mencionadas, quis restabelecer suas fronteiras de antes de 1772 — que incorporavam parte da Lituânia, a Bielorússia, a Volýnia e parte da Ucrânia, segundo a Linha Curzon —, no momento em que a incipiente União Soviética se achava em guerra civil. Em breve o conflito assumiu o caráter de nacionalismo x socialismo. Os Vermelhos interpretavam o tratado de Brest-Litovsk de março de 1918, que pusera fim à guerra Russo-Alemã e estabelecera o direito de autodeterminação da Polônia, como o direito de as massas polonesas se libertarem de sua classe dominante e se reunirem a eles, numa possível marcha para o oeste que implicaria a revolução na Alemanha.

Os poloneses, por sua vez, articulavam sua missão como sendo a de salvaguardar a civilização europeia do bolchevismo ameaçador. Nisso, contavam com a aprovação das Forças Aliadas. Winston Churchill, na época secretário de Guerra do Reino Unido, estava inclinado a ajudar os poloneses, mas o gabinete britânico achou que a dianteira cabia à França, que abriu crédito para compra de armamentos e enviou voluntários (entre os quais se encontrava o jovem capitão Charles de Gaulle, recém-saído de um campo de prisioneiros alemão). Os Estados Unidos limitaram-se a dar permissão para que a Polônia usasse os equipamentos militares por eles deixados na França após a guerra, mas houve também voluntários americanos, principalmente pilotos, que uniram seus esforços aos da Polônia.

As hostilidades haviam começado em fevereiro de 1919: a Polônia lutava pela posse da Lituânia, da Bielorússia e da Ucrânia. Em abril os poloneses tomaram Vilna, e em agosto, Minsk, até alcançarem a cidade de Dvinsk, na Letônia, em janeiro do ano seguinte. Finalmente, em 6 de maio de 1920, Kiev foi tomada dos Vermelhos. Isso ocasionou um deslocamento temporário da ênfase ideológica, que passou de internacionalista para nacionalista: "Precisamos de voluntários", escrevia Trótski no *Pravda* de 28 de maio de 1920. "Vós, jovens do proletariado! Vós, camponeses responsáveis! Todos vós, intelectuais honrados! Oficiais russos que entendestes que o Exército Vermelho está salvando a Liberdade e a Independência da nação Russa! O front ocidental vos chama!"

Já desde março, entretanto, havia sido decidido enviar ao front polonês uma força de "16 mil sabres ativos", um dos mais bem-sucedidos recursos do arsenal Vermelho, o Primeiro Exército de Cavalaria, e na Rússia dizer "cavalaria" era dizer "cossacos". Foi a esse exército que Bábel se juntou.

Os cossacos

Historicamente, os cossacos, que irão contribuir para páginas e páginas de *O Exército de Cavalaria,* provinham das mais diferentes extrações sociais. Desde servos foragidos da gleba, andarilhos, até aventureiros que desde 1600 haviam se juntado em comunidades nas terras do sudeste, que separavam a Polônia da Moscóvia e dos territórios controlados pelos otomanos. No início, devido a seu espírito independente, eram vistos como uma ameaça; mais tarde, entretanto, eles foram cooptados pelo governo tsarista, que lhes outorgou privilégios em troca de suas habilidades militares e capacidade de defender o país de inimigos internos e externos. Por ocasião da revolução bolchevique, parte deles entrou para o Exército Branco, parte para o Vermelho. Politicamente, a Konármia estava unida sob o comando de Stálin, na época o comissário político encarregado do front meridional, sendo que seus líderes, Budiónni, Vorochílov e Timochenko (comandante da Sexta Divisão ou *comdiv* 6, na qual serviu Bábel), foram os únicos chefes militares de patente mais elevada que sobreviveram aos expurgos de 1930.

Se os líderes do Exército de Cavalaria eram estritamente ligados à causa bolchevique, o mesmo não podia ser dito dos graus subalternos.

Seu *Diário de 1920,* uma série de anotações de Bábel que cobre o período de junho a setembro desse mesmo ano, sobre sua estada na Galícia e outras regiões da Polônia Meridional, na Sexta Divisão, como correspondente de guerra do jornal *Krasny Kavalerist* [O Cavalariano Vermelho] — o manuscrito foi guardado por sua viúva e segunda esposa, Antonina Nikoláevna Pirojkova, que só conseguiu publicá-lo em 1990 —, reflete a mentalidade independente dos cossacos e suas características, como certa predisposição à violência. "Que tipo de pessoa é o nosso cossaco?", pergunta-se Bábel em suas notas de 21 de julho de 1920. É uma pessoa "de diferentes camadas: gosto por regatear objetos, temeridade, espírito profissional, revolucionário, crueldade bestial". E, em 11 de agosto, escreve ele em seu *Diário:* "Essa não é uma revolução marxista: essa é uma rebelião cossaca."

Os temas recorrentes nas anotações de Bábel revelam sua predileção por "pessoas estranhas e destinos confusos, sua atenção para com os aspectos escabrosos da vida, seu prosaísmo, as pequenas coisas de cada dia, a 'fantasia' da existência etc.", como sublinha Smírin. Uma descrição mais detalhada das circunstâncias que concernem à escritura do *Diário de 1920* pode ser encontrada na introdução da edição anglo-americana, de Carol J. Avins (New Haven e Londres: Yale University Press, 1995)

O fato de só 13 das 36 histórias que constituem *O Exército de Cavalaria* terem uma ligação direta com os episódios descritos no *Diário* é justificado pela perda de 54 páginas deste: nem o próprio Bábel (que usa o alter ego de Kirill Vassílievitch Liútov) sabia onde as poderia ter guardado, e as condições em que o *Diário* foi escrito, muitas vezes, eram as piores possíveis. De qualquer maneira, o *Diário* é muito mais do que um conjunto de simples anotações: é outra obra literária, extremamente viva e empolgante.

O percurso de Bábel com o Primeiro Exército de Cavalaria foi da Volýnia para a parte oriental da Galícia, passando por grande número de cidadezinhas (Jitómir, Dubnó, Bródy) e povoados (Dernidovka, Berestietchko). Os judeus que ele conheceu durante a campanha "eram como retratos, [...] altos, silenciosos, de longas barbas [...]" — muito diferentes, ele diz, dos cosmopolitas e mais assimilados de sua Odessa natal, e muitos deles, pela maneira como haviam sido tratados pelos poloneses, inclinados a considerar o Exército Vermelho o menor dos dois males.

Em 28 de agosto a unidade de Bábel entra em Komarov. Budiónni e Vorochílov chegam em seguida, mas a ocupação, em condições trágicas, testemunhadas pelo narrador, é de curta duração. Um dia após a partida de sua unidade, a cidade é retomada pelos poloneses, e o Primeiro Exército de Cavalaria sofre fragorosa derrota próximo à cidade de Tchésniki. Os poloneses atacaram e os Vermelhos conseguiram escapar, exaustos. Em 15 de setembro começa a retirada, e Bábel retorna a Rovno, por onde dois meses antes havia passado, rumo ao oeste.

A guerra estava praticamente terminada. As negociações de paz, que haviam começado em meados de agosto de 1920, foram concluídas em 21 de setembro, em Riga, capital da Letônia. Um armistício foi assinado em 12 de outubro do mesmo ano, e o tratado de paz, de março de 1921, estabelecia as fronteiras entre a União Soviética e a Polônia, que permaneceriam inalteradas até a invasão soviética, dezoito anos mais tarde.

O armistício não implicou a desmobilização do Primeiro Exército de Cavalaria: ele foi enviado ao último front da guerra civil, na Crimeia, onde atuaria por mais dois meses, até a vitória dos Vermelhos. Não está esclarecido se Bábel foi para lá com o exército, mas sabe-se que no fim do ano de 1920 ele se encontrava em Odessa "completamente esgotado, com verminose e crises agudas de asma", segundo sua breve autobiografia. Por esse motivo, foi morar com a esposa nas montanhas do Cáucaso, próximo a Batum, e mais tarde em Tíflis (Tbilíssi), a capital da Geórgia. Lá começou a redigir intensamente, além de artigos para jornais, alguns dos *Contos de Odessa* e as 34 histórias que compunham a primeira edição de *O Exército de Cavalaria* (já havia publicado alguns deles separadamente desde 1923). Quando, em 1924, mudou-se para Moscou, já estava famoso.

Outros tempos

Intensa na década de 1920 e começo da de 1930, apesar do desagrado do *establishment* stalinista, cada vez mais rígido e distante do período liberalizante da NEP (abreviação russa de Nova Política Econômica), que o acusava de só ver os aspectos negativos da vida, a produção de Bábel passou a ser consideravelmente mais exígua até que, em 1934, em seu discurso no Primeiro Congresso dos Escritores Soviéticos, Bábel alude ironicamente ao porquê: por se ver sumariamente privado do direito de "escrever mal", ele aderiu agora a um novo gênero, o gênero do silêncio. Como era previsível, logo depois da morte de Górki (1936), seu grande protetor, Bábel passou a incorrer cada vez mais no desagrado dos indivíduos mais reacionários da cultura soviética. As consequências funestas não tardariam a se manifestar. Preso em 1939, foi fuzilado no ano seguinte. Reabilitado em 1954, com o fim do stalinismo, um volume de suas obras escolhidas é publicado em Moscou, em 1957, com a introdução do escritor Iliá Ehrenburg, abrindo caminho para uma série de outras edições, na União Soviética e no mundo.

OUTRAS OBRAS

Além de seus primeiros contos, dos *Contos de Odessa,* da *Cavalaria,* do *Diário de 1920* e dos contos escritos entre 1925 e 1938, Bábel publicou algumas dezenas de artigos entre 1918 e 1935 — reportagens de Petersburgo, da Geórgia e da França —, 36 dos quais constam, vertidos para o inglês, da obra completa organizada pela filha Nathalie. Além de suas duas peças de teatro, bastante conhecidas — *Crepúsculo* (1928) e *Maria* (1935) —, o mesmo livro arrola seis roteiros cinematográficos, três variantes de contos já publicados, bem como duas narrativas inacabadas, uma delas de um romance que durante muito tempo foi dado como desaparecido.

Aurora Fornoni Bernardini e
Homero Freitas de Andrade

O Exército de Cavalaria

A TRAVESSIA DO ZBRUTCH

O *comdiv* 6* relatou que Novograd-Volynsk tinha sido tomada hoje, ao amanhecer. O Estado-Maior saiu de Krapivno, e nosso comboio, uma barulhenta retaguarda, espalhou-se pela estrada de pedra que vai de Brest a Varsóvia, construída sobre os ossos dos camponeses por Nicolau I.

Campos de papoulas púrpura florescem à nossa volta, o vento do meio-dia brinca por entre o centeio amarelado, e o virginal trigo sarraceno ergue-se no horizonte como a muralha de um mosteiro longínquo. O plácido Volýnia serpenteia. O Volýnia afasta-se de nós na bruma perolada das moitas de bétulas, infiltra-se através das colinas floridas e, com seus braços cansados, enreda-se nas touceiras de lúpulo. Um sol alaranjado rola pelo céu como uma cabeça decepada, uma luz suave acende-se nos desfiladeiros das nuvens, e os estandartes do poente ondulam sobre nossa cabeça. O cheiro do sangue de ontem e dos cavalos mortos pinga no frescor da tarde. O Zbrutch negrejante rumoreja e retorce os espumosos emaranhados de suas cascatas. As pontes foram destruídas, e nós atravessamos a vau. Uma lua majestosa paira sobre as ondas. Os cavalos afundam na água até o dorso, e sonoras torrentes borbotam entre as centenas de patas equinas. Alguém afunda e prapueja em voz alta contra a Virgem. Os quadrados negros das carroças espalham-se pelo rio, que se enche de ruído, assobios e canções que trovejam por cima do serpentear da lua e dos turbilhões brilhantes.

Tarde da noite entramos em Novograd. No alojamento que me foi designado, encontro uma mulher grávida e dois judeus ruivos, de pescoço fino; um terceiro dorme encostado à parede, com a cabeça coberta. No quarto que me foi designado, encontro armários revirados, restos de peliças de mulher pelo chão, excrementos humanos e cacos daquele recipiente secreto que nas casas dos judeus se usa uma vez por ano, na Páscoa.

---

* Para informações referentes a vultos e fatos históricos e culturais citados, siglas e abreviações soviéticas, hipocorísticos de nomes próprios e termos russos, judaicos, poloneses e ucranianos, ver glossário, à p. 161. [N.E.]

— Limpe isto aqui — digo à mulher. — Em que sujeira você vive, dona...

Dois judeus se levantam. Saltitam nas solas de feltro e juntam os cacos no chão. Dão esses pulinhos em silêncio, feito macacos ou japoneses de circo, e fazem girar seus pescoços inchados. Estendem no chão um enxergão de penas rasgado, e eu me deito junto à parede, ao lado do terceiro judeu, que já está adormecido. Uma miséria sórdida cala sobre o meu leito.

Tudo foi morto pelo silêncio. Apenas a lua, agarrando com as mãos azuis a cabeça redonda, esplendorosa e indolente, vagueia lá fora.

Espreguiço as pernas entorpecidas, estico-me no enxergão rasgado e adormeço. Sonho com o *comdiv* 6. Num garanhão pesado, ele persegue o *combrig* e crava duas balas entre os olhos dele. As balas perfuram a cabeça do comandante, e os olhos caem no chão. "Por que mandou a brigada voltar?", grita Savítski, o *comdiv* 6, ao ferido — e então eu acordo, pois a mulher grávida está apalpando o meu rosto com os dedos.

— *Pan* — ela me diz —, o senhor está gritando, está muito agitado. Vou arrumar sua cama em outro canto. Desse jeito o senhor incomoda meu pai...

Ela ergue do chão suas pernas magras e o ventre redondo, e retira o cobertor do homem adormecido. É um velho morto que jaz ali, deitado de costas. Sua garganta está cortada; o rosto, partido ao meio; e um filete azul de sangue coagulado na barba, como uma lasca de chumbo.

— *Pan* — diz a judia, sacudindo o enxergão —, ele foi morto pelos poloneses. Ele lhes suplicou: "Matem-me no pátio interno, para que minha filha não me veja morrer." Mas eles fizeram como queriam, e ele morreu neste quarto, pensando em mim... E agora eu queria saber — disse a mulher num rompante, com uma força terrível —, queria saber em que lugar da Terra encontrarei um pai igual ao meu...

A igreja de Novograd

Saí ontem para levar um relatório ao comissário do exército, na casa de um padre foragido. Na cozinha, fui recebido por *pani* Eliza, a governanta do jesuíta. Ela me serviu um chá cor de âmbar e biscoitos. Tinham cheiro de crucifixo. Havia neles o sumo traiçoeiro e a aromática fúria do Vaticano.

Na igreja ao lado da casa, troavam os sinos, tangidos por algum sineiro desvairado. Era uma noite coalhada de estrelas de julho. Sacudindo os cabelos grisalhos e bem-cuidados, *pani* Eliza me oferecia biscoitos, e eu me deliciava com o manjar dos jesuítas.

A velha polonesa tratava-me por *"pan"*; velhos encanecidos, de orelhas ossificadas, estavam em posição de sentido junto à soleira, e em algum lugar na penumbra serpentina coleava a batina de um monge. O padre tinha fugido, mas deixara seu ajudante, *pan* Romuald.

Castrado,* de voz fanhosa e corpo de gigante, Romuald honrava-nos com o tratamento de "camaradas". Ele passava o dedo amarelado pelo mapa, mostrando os pontos devastados pelos poloneses. Presa de um entusiasmo rouco, enumerava os infortúnios de sua pátria. Que um dócil esquecimento trague a memória de Romuald, que nos traiu sem compaixão e foi fuzilado na primeira oportunidade. Mas, naquela noite, sua batina apertada farfalhava em cada reposteiro, varria furiosamente todos os corredores e zombava dos que queriam beber vodca. Naquela noite a sombra do monge seguia-me com persistência. Poderia ter chegado a bispo, *pan* Romuald, se não fosse espião.

Juntos, bebemos rum, o hálito de uma regra misteriosa palpitava sob as ruínas da casa do padre, e suas tentações insinuantes me amoleciam. Oh, os crucifixos minúsculos como os talismãs de uma cortesã, oh, o pergaminho das bulas papais, oh, o cetim de cartas femininas apodrecidas na seda azul dos coletes!...

Ainda posso ver, monge traidor, você com sua batina lilás, suas mãos gorduchas, a alma terna e implacável como a dos gatos. Posso ver as

---

* O termo *original, skopets*, refere-se aos membros de uma seita religiosa que pretendiam atingir a santidade, entre outros objetivos, pela castração. [N.T.]

chagas do seu Deus a destilar sêmen, o fragrante veneno embriagador de virgens.

Bebíamos rum à espera do comissário, mas ele demorava a voltar do Estado-Maior. Romuald caiu num canto e adormeceu. Ele dorme aos sobressaltos, enquanto lá fora, no jardim coberto pela negra paixão do céu, a alameda reverbera. Rosas sedentas oscilam na escuridão. Relâmpagos verdes acendem-se nas cúpulas. Um cadáver nu repousa largado ao pé do morro. O luar banha suas pernas inertes, escancaradas.

Eis aí a Polônia, eis a altiva miséria da Rzeczpospolita! Visitante forçado, eu estendo um colchão piolhento no templo abandonado pelo servo de Deus. Coloco sob a cabeça os *in folio*, com hosanas impressas em honra do Excelentíssimo e Ilustríssimo Chefe da Nobreza, Joseph Pilsudski.

Hordas de mendigos invadem tuas cidades antigas, ó Polônia, e o canto em prol da união de todos os servos troveja sobre elas. Ai de ti, Rzeczpospolita. Ai de ti, Radziwill, ai de ti, príncipe Sapieha, rebeldes por uma hora!

E nada de meu comissário aparecer. Procuro por ele no Estado-Maior, no jardim, na igreja. As portas da igreja estão abertas. Entro e sou recebido por duas caveiras de prata que se acendem sobre a tampa de um ataúde quebrado. Assustado, precipito-me cripta abaixo. Uma escada de carvalho leva ao altar. Vejo uma miríade de fogos percorrer as alturas, junto ao domo. Vejo o comissário, o comandante da Seção Especial e cossacos com velas nas mãos. Eles atendem ao meu grito débil e me resgatam do subterrâneo.

Os crânios, que não passavam de entalhes de um catafalco da igreja, já não me assustam, e juntos continuamos a busca, pois que se tratava de uma busca, iniciada após a descoberta de pilhas de fardas do exército no apartamento do padre.

Reluzem as caras de cavalo bordadas em nossos punhos e tilintam as esporas. Conversando, fazemos a ronda do edifício retumbante com velas que gotejam em nossas mãos. Virgens ornadas de pedras preciosas vigiam nosso caminho com suas rosadas pupilas de rato. A chama resvala em nossos dedos, sombras quadradas crispam-se nas estátuas de São Pedro, São Francisco, São Vicente, sobre suas faces coradas, as barbas crespas, pintadas de carmim.

Fazemos a ronda e continuamos a procurar. Sob nossos dedos saltam botões de osso, abrem-se ícones partidos ao meio, revelando subterrâneas cavernas floridas de bolor. A igreja é antiga e cheia de mistérios. Suas paredes brilhantes escondem passagens secretas, nichos e portas que se abrem sem ruído.

Oh, padre estúpido, que pendurava os corpetes das paroquianas nos pregos do Salvador. Encontramos atrás das portas do sacrário uma mala com moedas de ouro, um alforje de marroquim cheio de notas e estojos de joalheiros parisienses com anéis de esmeraldas.

Mais tarde, no quarto do comissário, contamos o dinheiro. Pilhas de ouro, tapetes de notas, o vento impetuoso soprando a chama das velas, a loucura aparvalhada nos olhos de *pani* Eliza, a retumbante risada de Romuald e o interminável bimbalhar dos sinos tocados por *pan* Robacki, o sineiro que tinha perdido a razão.

— Distância — eu disse a mim mesmo — distância dessas madonas que piscam e que foram enganadas pelos soldados...

Uma carta

Eis uma carta para a terra natal, que me foi ditada por Kurdiúkov, um rapaz de nossa expedição. Não merece ser esquecida. Eu a transcrevi, sem embelezá-la, e reproduzo-a, palavra por palavra, de acordo com o original.

Querida mãezinha Evdokia Fiódorovna. Nas primeiras linhas desta carta, apresso-me em comunicar-lhe que estou são e salvo, graças a Deus, coisa que também espero ouvir da senhora. E ao mesmo tempo inclino-me profundamente, do branco rosto à úmida terra* (Segue-se a lista de parentes, padrinhos e compadres. Deixemos isso de lado. Passemos ao segundo parágrafo.)
Querida mãezinha Evdokia Fiódorovna Kurdiúkova. Apresso-me em escrever-lhe que me encontro na Cavalaria Vermelha do camarada Budiónni e que aqui encontra-se também o seu compadre Nikon Vassílitch, que atualmente é um herói Vermelho. Fui designado para a expedição do Politotdiel, que distribui literatura e jornais às posições: o Izviéstia *do Comitê Executivo Central de Moscou, o* Pravda *de Moscou e o nosso implacável jornal* O Cavalariano Vermelho, *que todo soldado da linha de frente deseja ler, para depois, com espírito heroico, degolar a szlachta; e eu vivo muito bem em companhia de Nikon Vassílitch.*
Querida mãezinha Evdokia Fiódorovna. Mande-me o que puder, conforme suas forças e possibilidades. Peço-lhe que degole o leitãozinho malhado e faça uma remessa postal endereçada ao Politotdiel do camarada Budiónni, em nome de Vassíli Kurdiúkov. Todos os dias, deito-me para dormir sem comer e sem qualquer roupa; por causa disso passo muito frio. Escreva uma carta sobre o meu Stiopa, se está vivo ou não; peço que a senhora cuide dele e que me diga se ainda está tropicando ou se já parou, e também que me fale sobre a sarna nas pernas dianteiras, e se já foi ferrado ou ainda não. Peço à senhora, querida mãezinha Evdokia Fiódorovna, não deixe de lavar as patas dianteiras com o sabão que eu deixei atrás dos santos, mas se o pai acabou com ele, compre mais em Krasnodar, e Deus não se esquecerá da senhora. Posso também escrever à senhora que o país aqui é muito pobre, que os mujiques e os seus cavalos se

---

* Verso formular da poesia popular russa, de tradição oral. [N.T.]

escondem de nossas águias vermelhas pelos bosques, e que o trigo que se vê é pouco e tão miúdo que dá vontade de rir. Aqui os patrões plantam cevada e até mesmo aveia. Aqui o lúpulo cresce em estacas e vinga muito bem; com ele fazem uma aguardente caseira.

Nas próximas linhas desta carta apresso-me em escrever sobre o pai, que matou meu irmão Fiódor Timoféitch Kurdiúkov. Já está fazendo um ano. A nossa brigada vermelha, a do camarada Pávlitchenko, avançava sobre a cidade de Rostov, quando houve uma traição em nossas fileiras. Naquela época, o pai estava comandando uma companhia do Deníkin. As pessoas que o viram dizem que ele usava medalhas, como no velho regime. E por ocasião dessa traição, fomos todos feitos prisioneiros, e o pai pôs os olhos em cima do meu irmão Fiódor Timoféitch. Daí, o pai começou a espetar o Fédia, falando: seu vendido, cachorro Vermelho, filho da puta e outras coisas assim, e não parou de espetá-lo até escurecer, quando o meu irmão Fiódor Timoféitch morreu. Na época, escrevi uma carta para a senhora, contando que o nosso Fédia estava enterrado sem uma cruz. Mas o pai me pegou com a carta e falou: vocês são filhos da mesma mãe, são frutos do mesmo ventre, seus putanheiros, eu engravidei a mãe de vocês e vou continuar a engravidar, minha vida está perdida, em nome da verdade hei de acabar com minha própria semente, e outras coisas assim. Eu aguentei todo esse sofrimento dele, como Jesus Cristo, nosso Salvador. Logo que me safei do pai, fui me juntar à minha unidade, a do camarada Pávlitchenko. E nossa brigada recebeu ordem de ir até a cidade de Voróne̊j para se reabastecer, e lá recebemos reforço, e também cavalos, mochilas, revólveres Nagant e tudo o que nos cabia. De Voróne̊j, a descrição que posso dar à senhora, querida mãezinha Evdokia Fiódorovna, é que ela é uma cidadezinha magnífica, um pouco maior que Krasnodar, e o povo de lá é muito bonito, o rio é bom para o banho. Davam para a gente duas libras de pão por dia, meia libra de carne e bastante açúcar; tanto que, de manhã, tomávamos chá doce, de noite, a mesma coisa, e esquecíamos a fome; na hora do almoço, ia à casa do meu irmão Semion Timoféitch, atrás de panquecas ou carne de ganso, e depois disso eu me deitava para descansar. Naquele tempo, o regimento todo queria ter Semion Timoféitch como comandante, por sua valentia; do camarada Budiónni veio a devida ordem, e ele recebeu dois cavalos, uma farda em bom estado, uma telega particular para os trastes, e a Ordem da Bandeira Vermelha; eu, na presença dele, era tratado como irmão. De agora em diante, se algum vizinho incomodar a senhora, Semion Timoféitch pode mandar matá-lo. Daí, começamos a caçar o general Deníkin, matamos milhares de homens dele e encurralamos o resto no mar Negro; só o pai não era visto em lugar nenhum, e Semion Timoféitch procurava-o em todas as posições, porque estava muito aborrecido por causa do nosso irmão

Fédia. A senhora, querida mãezinha, conhece o pai e o caráter teimoso que ele tem; pois então ele fez o seguinte: tingiu descaradamente a barba ruiva de preto e foi à cidade de Maikop, à paisana, de modo que nenhum dos habitantes sabia que ele e o guarda rural do velho regime eram a mesma pessoa. Só que a mentira tem pernas curtas, e Nikon Vassílitch, que é compadre dele, o viu por acaso na khata de um morador e mandou uma carta a Semion Timoféitch. Montamos a cavalo e galopamos uma duzentas verstas, eu, meu irmão Sienka e a rapaziada do lugar, que se ofereceu.

E o que nós vimos na cidade de Maikop? Vimos que a retaguarda não simpatizava de jeito nenhum com o front, e que nela havia traição por toda parte, que estava repleta de judeus, como no velho regime. E na cidade de Maikop Semion Timoféitch discutiu feio com os judeus, que não queriam entregar o pai, mantendo-o preso a sete chaves, e diziam: chegou ordem de não matar os prisioneiros, nós mesmos vamos julgá-lo, não se ofendam, ele vai ter o que merece. Só que Semion Timoféitch, valendo-se de sua autoridade, demonstrou que o comandante do regimento era ele e que tinha recebido do camarada Budiónni a Ordem da Bandeira Vermelha, e ameaçou de morte todos os que disputassem a pessoa do pai e não quisessem entregá-lo; e a rapaziada do lugar também fez suas ameaças. Mas assim que Semion Timoféitch pôs as mãos no pai, começou a chicoteá-lo e mandou os combatentes se perfilarem no pátio, de acordo com o regimento militar. E então, Sienka borrifou água na barba do pai Timoféi Rodiónytch, e a tinta escorreu da barba. E Sienka perguntou a Timoféi Rodiónytch:

— É bom para o senhor, pai, estar em minhas mãos?

— Não — respondeu o pai —, é muito ruim.

Daí, Sienka perguntou:

— E Fédia estava bem em suas mãos, quando o senhor o matou?

— Não — disse o pai —, Fédia estava mal.

Daí, Sienka perguntou:

— E o senhor pensava, pai, que também ia estar mal?

— Não — disse o pai —, eu não pensava que ia estar mal.

Daí, Sienka virou-se para o povo e falou:

— Pois acho que se eu cair nas suas mãos, não haverá clemência para mim. E agora, pai, nós vamos acabar com o senhor...

E Timoféi Rodiónytch pôs-se a xingar descaradamente a mãe de Sienka e a mãe de Deus e a bater na cara de Sienka; e Semion Timoféitch mandou-me sair do pátio, de modo que não poderei, querida mãezinha Evdokia Fiódorovna, *descrever para a senhora como deram cabo do pai, porque fui mandado embora do pátio.*

Depois disso, ficamos aquartelados numa cidade em Novorossisk. Dessa cidade, pode-se contar que depois dela não há mais terra firme, só água, o mar Negro, e nós ficamos lá até maio, quando fomos para o front polonês, e estamos sacudindo a szlachta, que só vendo...

Sou vosso querido filho Vassíli Timoféitch Kurdiúkov. Mãezinha, não deixe de olhar por Stiopka, e Deus não se esquecerá da senhora.

É esta a carta de Kurdiúkov, nenhuma palavra foi trocada. Quando terminei, ele pegou a folha escrita e a escondeu no peito, sobre o corpo nu.

— Kurdiúkov — perguntei ao rapaz —, seu pai era ruim?

— Meu pai era um cachorro — respondeu ele, sombrio.

— E sua mãe, é melhor?

— Minha mãe é como toda mãe. Se quiser ver, esta é a nossa família.

Estendeu-me uma fotografia amassada. Nela via-se Timoféi Kurdiúkov, um guarda rural de ombros largos, com o quepe do uniforme e barba penteada, imóvel, as maçãs do rosto salientes e um olhar brilhante em seus olhos descorados e inexpressivos. Ao lado dele, sentada numa pequena poltrona de bambu, havia uma camponesa miudinha, de blusa bufante e com um rosto claro e tímido, de traços mirrados. Mas, junto à parede, sobre um fundo fotográfico provinciano e miserável, cheio de flores e de pombos, erguiam-se dois rapazes monstruosamente enormes, broncos, de cara larga e olhos esbugalhados, inexpressivos feito soldados durante a instrução, os dois irmãos Kurdiúkov: Fiódor e Semion.

O chefe da remonta

Na aldeia ouve-se um coro de lamentações. A cavalaria pisoteia o trigo e troca os cavalos. Os cavalarianos deixam suas montarias, exaustas, e pegam as bestas de tiro. Não há do que culpá-los. Sem cavalos, não há exército.

Mas a consciência disso não serve de consolo aos camponeses. Eles se aglomeram insistentemente diante da sede do Estado-Maior.

Puxam pelas cordas os animais que empacam e escorregam de fraqueza. Privados do sustento, os camponeses sentem-se invadidos por uma coragem amarga, mas, cientes de que ela vai durar pouco, tratam, sem esperança nenhuma, de insultar o comando, Deus e a má sorte.

J., o comandante do Estado-Maior, em uniforme completo, está de pé no terraço de entrada. Com a mão em pala sobre as pálpebras inchadas, ele ouve as queixas dos camponeses com aparente atenção. Mas essa atenção não passa de manobra. Como todo trabalhador disciplinado e vencido pelo cansaço, ele sabe, nos momentos vazios da existência, como interromper completamente o trabalho mental. Nesses poucos minutos de bem-aventurada ausência de pensamentos, o comandante do nosso Estado-Maior reanima sua desgastada máquina.

É o que está fazendo agora, com os mujiques.

Ao som tranquilizante daquele burburinho incoerente e desesperado, J. segue a distância aquele suave tropel dentro do cérebro, que prenuncia pureza e energia de pensamento. Chegada a pausa necessária, ele conteria a derradeira lágrima de mujique, rosnaria autoritário e voltaria ao Estado-Maior para trabalhar.

Dessa vez nem precisou rosnar. Galopando num fogoso anglo-árabe, chegou ao terraço o ex-atleta circense Diákov, atual chefe da remonta de cavalos, um oficial de cara avermelhada, bigodes grisalhos, vestindo um capote preto e largas calças vermelhas, com listras laterais prateadas.

— Que as bênçãos do céu recaiam sobre esses honrados patifes! — gritou ele, detendo o cavalo em pleno galope. Naquele mesmo instante, um pangaré de pelo ralo, um dos que tinham sido trocados pelos cossacos, esparramou-se embaixo de seu estribo.

— Aí está, camarada comandante — pôs-se a berrar um mujique, dando palmadas nas próprias calças —, aí está o que a sua gente dá à nossa... Está vendo só o que nos deram? Trabalhe com um desses.

— Por um cavalo desses — começou então Diákov, com autoridade e palavras bem articuladas —, por um cavalo desses, meu prezado amigo, você teria o direito de cobrar quinze mil rublos da remonta, e se a égua fosse mais animada, meu querido amigo, neste caso você poderia cobrar da remonta vinte mil rublos. Seja como for, o fato de um cavalo cair não significa nada. Se um cavalo cai e torna a se levantar, daí, sim, ele é um cavalo; se, ao contrário, o cavalo não se levanta, então não é um cavalo. Mas, a propósito, comigo essa magnífica égua há de se levantar...

— Santo Deus! Mãe de misericórdia! — falou o mujique, gesticulando. — Como a coitada há de se levantar?... Ela vai morrer, a coitadinha...

—Você está insultando a égua, compadre — replicou Diákov, com profunda convicção. — Isso é o mesmo que blasfemar, compadre.

Com agilidade, apeou da sela seu bem-proporcionado corpo de atleta. Alisando as pernas perfeitas, com cordões atados na altura dos joelhos, a pompa e a destreza típicas do picadeiro, ele se aproximou do animal moribundo. Abatido, este cravou tristemente em Diákov um olhar severo e profundo, lambeu-lhe na palma vermelha alguma ordem invisível e, de imediato, exausta, a égua sentiu a força habilidosa que emanava daquele garboso e florido Romeu, todo grisalho. Sacudindo o focinho, escorregando com as pernas cambaleantes, sentindo a comichão insuportável e autoritária do chicote na barriga, o pangaré levantou-se devagar e com todo o cuidado. E foi então que vimos o pulso delgado, que saía da manga larga do uniforme, acariciar a crina suja, e o chicote grudar com um estalo nos flancos ensanguentados. Com o corpo todo trêmulo, a égua firmou-se nas quatro patas, sem desviar de Diákov seus olhos caninos, medrosos e apaixonados.

— Quer dizer que este é um cavalo — disse Diákov ao mujique, e acrescentou com suavidade: — E você se queixava, meu velho...

O chefe da remonta atirou as rédeas ao ordenança, subiu de um salto os quatro degraus e, abanando seu capote de opereta, desapareceu na sede do Estado-Maior.

Pan Apolek

A maravilhosa e sábia vida de *pan* Apolek subiu-me à cabeça como um vinho envelhecido. Em Novograd-Volynsk, entre as ruínas retorcidas daquela cidade rapidamente devastada, o destino atirou a meus pés um Evangelho que o mundo desconhecia. Rodeado pelo brilho singelo de auréolas, fiz então a promessa de seguir o exemplo de *pan* Apolek. E a esse novo voto, ofereci em sacrifício a doçura do ódio quimérico, o desprezo amargo pelos cães e porcos da humanidade, o fogo da vingança silenciosa e inebriante.

No apartamento do padre fugitivo de Novograd, havia um ícone pendurado no alto da parede. Tinha uma inscrição: "A morte do Batista." Sem hesitar, reconheci em João as feições de um homem que eu já tinha visto em outra época.

Eu me lembro: entre as paredes claras e retas, reinava o silêncio de teia de aranha de uma manhã de verão. No pé do quadro, o sol tinha depositado um raio retilíneo. Nele enxameava uma poeira luminosa. Das profundezas azuis do nicho, a longa figura de João debruçava-se diretamente sobre mim. Uma capa negra pendia, majestosa, sobre aquele corpo implacável, repulsivo de tão magro. Gotas de sangue brilhavam nos fechos redondos da capa. A cabeça de João fora cortada obliquamente do pescoço esfolado. Jazia numa travessa de argila, que os grandes dedos amarelos de um guerreiro seguravam com firmeza. O rosto do morto pareceu-me conhecido. Fui tocado pelo presságio de um mistério. Na travessa de argila, repousava a cabeça morta, que parecia uma cópia da cabeça de *pan* Romuald, o ajudante do padre fugitivo. Da boca escancarada saía o corpo minúsculo de uma serpente, cujas escamas brilhavam irisadas. Num suave tom rosado, a cabecinha cheia de vida ressaltava intensamente o fundo escuro da capa.

Fiquei admirado com a arte do pintor e sua imaginação sombria. Ainda mais surpreendente pareceu-me, no dia seguinte, a Virgem de faces vermelhas que pendia sobre a cama de casal de *pani* Eliza, a governanta do velho padre. Ambas as telas traziam a marca do mesmo pincel. O rosto carnudo da Virgem era o retrato de *pani* Eliza. Foi então que estive perto de resolver o enigma das imagens de Novograd. A resolução do enigma levou-me à cozinha de *pani* Eliza, onde, nos serões perfumados, reuniam-se as sombras da velha Polônia servil, com o pintor louco à frente. Mas seria *pan* Apolek realmente um louco, ao povoar de anjos as aldeias vizinhas e ao promover a santo o coxo Janek, um judeu convertido?

Ele tinha chegado ali com o cego Gottfried, trinta anos antes, num dia qualquer de verão. Os dois amigos, Apolek e Gottfried, dirigiram-se à taverna de Shmerel, que ficava na estrada de Rovno, a duas verstas dos limites da cidade. Apolek trazia uma caixa de tintas na mão direita e com a esquerda conduzia o sanfoneiro cego. O passo cantante de suas botas alemãs, ferradas com pregos, soava tranquilidade e esperança. Apolek trazia um cachecol amarelo-canário enrolado no pescoço delgado, e três peninhas cor de chocolate dançavam no chapéu tirolês do cego.

Na taverna, os recém-chegados depositaram as tintas e a sanfona no parapeito da janela. O artista desenrolou o cachecol, interminável como a fita de um prestidigitador de feira. Depois, saiu para o pátio, despiu-se completamente e banhou com água gelada seu corpo rosado e franzino. A mulher de Schmerel serviu vodca de passas aos hóspedes e uma tigela de *zrazy*. Saciado o apetite, Gottfried pôs a sanfona sobre os joelhos pontudos. Em seguida, suspirou, jogou a cabeça para trás e moveu os dedos magros. Acordes de canções de Heildelberg ecoaram nas paredes da taverna judaica. Apolek acompanhava o cego com sua voz esganiçada. Parecia que tinham trazido à taverna de Schmerel o órgão da igreja de Santa Indeguilda, e que as Musas tinham se sentado ao órgão, uma ao lado da outra, envoltas em coloridos xales de algodão e com botas alemãs ferradas.

Os hóspedes cantaram até o pôr do sol, depois guardaram a sanfona e as tintas em sacos de linho, e *pan* Apolek, com uma profunda reverência, entregou uma folha de papel a Braina, mulher do dono da taverna.

— Prezada *pani* Braina — falou —, queira aceitar de um pintor ambulante, batizado com o nome cristão de Apollinarius, este retrato da senhora, como prova de nosso humilde reconhecimento e testemunho de sua magnífica hospitalidade. Se Nosso Senhor Jesus Cristo prolongar meus dias e fortalecer minha arte, voltarei para colorir este retrato. Pérolas ficarão bem em seus cabelos, e desenharemos sobre seu peito um colar de esmeraldas...

Na pequena folha de papel estava desenhado a lápis vermelho, um vermelho suave de cerâmica, o rosto sorridente de *pani* Braina, emoldurado por cachos cor de cobre.

— Meu dinheiro! — gritou Schmerel, ao ver o retrato da mulher.

Ele apanhou um pedaço de pau e saiu em perseguição aos dois hóspedes. A caminho, Schmerel lembrou-se do corpo rosado de Apolek, gotejante de água, do sol no pequeno pátio e do som suave da sanfona. O taverneiro sentiu-se profundamente perturbado, largou o porrete e voltou para casa.

No dia seguinte, Apolek apresentou ao vigário de Novograd um diploma da Academia de Munique e dispôs 12 quadros à sua frente, cada um deles sobre um tema das Sagradas Escrituras. Os quadros eram pintados a óleo, sobre finas tábuas de cipreste. O padre viu sobre sua mesa o púrpura chamejante dos mantos, o fulgor dos campos de esmeralda e as floridas colchas estendidas sobre as planícies da Palestina.

Os santos de *pan* Apolek, todo aquele amontoado de anciãos simplórios e exultantes, de barbas grisalhas e faces coradas, estavam mergulhados em torrentes de seda e grandiosos crepúsculos.

Naquele mesmo dia, Apolek recebeu o encargo de pintar a nova igreja. E depois do licor benedito, o padre disse ao pintor:

— Santa Maria, meu caro *pan* Apollinarius! De que milagrosas plagas desceu sobre nós sua graça, que tanta alegria nos dá?

Apolek trabalhou com afinco, e ao cabo de um mês o novo templo já estava tomado pelo balido dos rebanhos, o ouro empoeirado dos ocasos e as tetas cor de palha das vacas. Búfalos de pelame surrado arrastavam-se sob o jugo, cães de focinho rosado corriam na frente dos rebanhos, e, em berços pendurados nos troncos retos das palmeiras, balançavam-se criancinhas rechonchudas. Hábitos marrons de franciscanos rodeavam um berço. A multidão de pastores era sulcada de calvas reluzentes e rugas sangrentas como feridas. No meio dessa multidão cintilava, com um sorriso de raposa, o rostinho decrépito de Leão XIII, e o próprio vigário de Novograd, desfiando o rosário de entalhes chineses com uma das mãos, e com a outra, a que estava livre, abençoando o Menino Jesus.

Durante cinco meses, preso a um assento de madeira, Apolek arrastou-se ao longo das paredes, ao redor da cúpula e pelo coro.

— O senhor tem predileção pelos rostos conhecidos, meu caro *pan* Apolek — disse-lhe um dia o padre, ao reconhecer a si mesmo num dos pastores e a *pan* Romuald na cabeça decapitada de João. O velho padre sorriu e mandou um cálice de conhaque ao artista, que trabalhava na cúpula.

Mais tarde, Apolek terminou a Santa Ceia e o apedrejamento de Maria Madalena. Um domingo, descobriu os afrescos das paredes. Os cidadãos importantes, convidados pelo vigário, reconheceram Janek, o coxo convertido, no apóstolo Paulo, e em Maria Madalena a jovem judia Elka, filha de pais desconhecidos e mãe de muitas crianças abandonadas. Os cidadãos importantes mandaram cobrir aquelas pinturas sacrílegas. O vigário lançou ameaças contra o sacrílego. Mas Apolek não cobriu as pinturas das paredes.

Assim teve início uma guerra sem precedentes entre o poderoso corpo da Igreja Católica, de um lado, e, de outro, o incauto pintor de imagens sagradas. Durou três décadas. E, por pouco, o acaso não converteu o dócil vagabundo em fundador de uma nova heresia. E então ele teria sido o mais talentoso e espirituoso guerreiro entre os que a tortuosa e conturbada história da Igreja Romana conheceu, um guerreiro que corria o mundo, num estado de embriaguez bem-aventurada, com dois ratinhos brancos aconchegados ao peito e uma porção de pincéis finíssimos no bolso.

— Quinze *zloty* por uma Nossa Senhora, vinte e cinco por uma Sagrada Família e cinquenta por uma Última Ceia, com o retrato de todos os parentes do freguês. O inimigo do freguês pode ser representado como Judas Iscariotes, mas para isso serão cobrados mais dez *zloty* — assim anunciava Apolek aos camponeses das redondezas, depois de ter sido expulso da igreja em construção.

Encomendas não lhe faltavam. E quando, um ano mais tarde, convocada pelas mensagens furiosas do vigário de Novograd, chegou uma comissão designada pelo bispo de Jitómir, ela foi encontrar até nas choupanas mais miseráveis e fétidas aqueles monstruosos retratos de família, sacrílegos, ingênuos e pitorescos. Josés de cabelos grisalhos repartidos ao meio, Cristos de cabelos besuntados, Marias aldeãs, mães de numerosa prole, com os joelhos separados — imagens que eram penduradas no canto mais importante da casa, emolduradas por guirlandas de flores de papel.

— Ele canonizou vocês em vida! — exclamou o vigário de Dubnó e de Novokonstantínov, respondendo à multidão que defendia Apolek. — Ele os rodeou com os inefáveis atributos da Santidade, a vocês todos, que caíram três vezes no pecado da desobediência, vocês, destiladores clandestinos, vocês, usurários desapiedados e falsificadores de peso, vocês, mercadores da inocência das próprias filhas!

— Sua Reverência — disse então ao vigário o manco Witold, receptador de mercadorias roubadas e guarda do cemitério —, mas, aos olhos do *pan* Deus misericordioso, quem falará de verdade ao povo cego? E porventura não há mais verdade nos quadros de *pan* Apolek, que adulam a nossa vaidade, do que nas suas palavras, cheias de injúrias e de ira senhorial?

O clamor da multidão pôs o vigário para correr. O estado de espírito da diocese era uma ameaça à segurança dos servos da Igreja. O artista chamado a tomar o lugar de Apolek não se decidia a apagar Elka e o coxo Janek. Ainda podem ser vistos numa das capelas laterais da igreja de Novograd: Janek na figura do apóstolo Paulo, acanhado e manco, com uma barba negra e emaranhada de apóstata de aldeia, e ela, a frágil e louca meretriz de Magdala, de corpo contorcido e faces cavas.

A luta com o vigário durou trinta anos. Depois disso, uma incursão de cossacos tirou o velho padre de seu perfumado ninho de pedra, enquanto Apolek, oh, caprichos da sorte!, instalou-se na cozinha de *pani* Eliza. E eu, hóspede de passagem, toda noite provo o vinho de sua conversa.

Que conversa? Sobre os românticos tempos da *szlachta,* sobre o delirante fanatismo feminino, sobre o pintor Luca della Robbia e sobre a família do carpinteiro de Belém.

— Tenho algo a dizer ao *pan* escrivão... — comunica-me misteriosamente *pan* Apolek antes do jantar.

— Pois não? — respondo eu. — Sim, Apolek, estou ouvindo...

Mas *pan* Robacki, o cinzento e severo acólito da Igreja, esquelético e orelhudo, está sentado bem perto. Ele abre diante de nós a tela esmaecida do silêncio e da hostilidade.

— Eu tenho a dizer ao senhor — sussurra Apolek, puxando-me para o lado — que Jesus, filho de Maria, era casado com Débora, moça de Jerusalém de origem desconhecida...

— Oh, esse sujeito! — grita *pan* Robacki, horrorizado. — Esse sujeito não vai morrer na cama... Alguém há de matá-lo, isso sim...

— Depois do jantar... — sussurra *pan* Apolek, diminuindo a voz —, Depois do jantar, se para o *pan* escrivão não for um incômodo...

Incômodo nenhum. Aquecido pelo começo da história de Apolek, perambulo pela cozinha, esperando a hora combinada. Pela janela, a noite ergue-se como uma coluna negra. Lá fora, no jardim vivo e sombrio nada se move. O caminho para a igreja corre sob a lua como um rio lácteo e brilhante. A terra está imersa num brilho claro-escuro; colares de frutos reluzentes pendem dos arbustos. O cheiro dos lírios é puro e forte como álcool. Seu veneno fresco impregna o hálito gorduroso e borbulhante do fogão e sufoca o aroma resinoso de pinheiro que se espalha pela cozinha.

Com um cordão rosado nas calças surradas da mesma cor, Apolek movimenta-se em seu canto como um animal manso e gracioso. Sua mesa está suja de cola e de tintas. O velho trabalha com gestos rápidos e repetidos, e dali vem um repique suave e melódico. É o velho Gottfried, a marcar o tempo com seus dedos trêmulos. O cego está sentado imóvel sob o reflexo amarelo e oleoso da lâmpada. Com a cabeça calva abaixada, ele ouve a música interminável de sua cegueira e os murmúrios de Apolek, seu eterno amigo...

— ... E isso que os padres, o evangelista Marcos e o evangelista Mateus dizem ao *pan,* isso não é verdade... Mas eu posso revelar a verdade ao *pan* escrivão, cujo retrato como o beato Francisco, sobre um fundo verde e celeste, eu me disponho a fazer por cinquenta marcos. *Pan* Francisco, na verdade, era um santo muito simples. E se o *pan* escrivão tiver uma namorada na Rússia... As mulheres gostam do beato Francisco, embora nem todas, *pan*...

Foi assim que teve início, naquele canto que cheirava a pinheiro, a história do casamento de Débora com Jesus. A moça, pelo que dizia Apolek, tinha um noivo. O noivo era um jovem israelita que negociava presas de elefante. Mas a noite de núpcias de Débora acabou em confusão e lágrimas. O pavor apossou-se da mulher quando viu o marido aproximar-se do leito. Um soluço dilatou sua garganta. Ela vomitou tudo o que comera no banquete de casamento. A vergonha caiu sobre Débora, sobre seu pai, sua mãe e sobre sua família inteira. Foi repudiada pelo noivo, que escarneceu dela e convocou os convidados. Então, ao ver o tormento da mulher que desejava o marido mas tinha medo dele, Jesus vestiu-se como o esposo e, cheio de misericórdia, uniu-se a Débora, que jazia em seu próprio vômito. Então ela se juntou aos convidados, festejando ruidosamente, como uma mulher que se orgulha da própria queda. E só Jesus permanecia distante. Um suor frio de morte corria-lhe pelo corpo, e a abelha do remorso picava seu coração. Sem ser visto, ele saiu da sala do banquete e retirou-se para a terra desértica a leste da Judeia, onde João o esperava. E Débora deu à luz seu primogênito...

— E onde ele foi parar? — exclamei.

— Os padres o esconderam — respondeu gravemente Apolek, pousando o dedo trêmulo e leve em seu nariz de bêbado.

— *Pan* pintor! — gritou de repente Robacki, erguendo-se da escuridão; e suas orelhas cinzentas tremiam. — O que está dizendo? Isso é inconcebível...

— É a verdade, a pura verdade — confirmou Apolek, dando a mão a Gottfried —, a mais pura verdade, senhor...

Ele arrastou o cego até a porta, mas, ao chegar à soleira, diminuiu o passo e fez-me um sinal com o dedo:

— O beato Francisco — cochichou, dando uma piscadela —, com um pássaro no braço, um pombo ou um pardal, como *pan* escrivão preferir...

E desapareceu com o seu cego e eterno companheiro.

— Oh, quanta bobagem! — exclamou então Robacki. — Esse homem não vai morrer na cama...

Pan Robacki escancarou a boca e bocejou como um gato. Eu me despedi e fui dormir na casa, junto dos meus saqueados judeus.

Uma lua desamparada vagava pela cidade. Eu vagava com ela, reacendendo dentro de mim sonhos impossíveis e canções desafinadas.

O sol da Itália

Estive ontem mais uma vez no quarto de empregados ocupado por *pani* Eliza, aquecendo-me ao fogo de uma coroa de ramos verdes de abeto. Permaneci sentado ali, perto da estufa tépida, viva, resmungona, e era noite alta quando voltei para casa. No fundo do barranco, o silencioso Zbrutch rolava suas escuras águas de vidro.

A cidade incendiada — colunas quebradas e ganchos cravados no chão, iguais aos mindinhos de velhas malvadas — parecia suspensa no ar, conveniente e inaudita como num sonho. O brilho nu da lua derramava-se sobre ela com uma força inesgotável. O musgo úmido dos escombros florescia feito o mármore de uma frisa de teatro. E, com o espírito perturbado, eu esperava a saída de um Romeu por entre as nuvens, um Romeu vestido de cetim, cantando o amor, enquanto, nos bastidores, um eletricista deprimido mantinha o dedo no interruptor da lua.

Caminhos azuis fluíam à minha frente, qual rios de leite jorrando de muitos peitos. Na volta para casa, temia encontrar meu vizinho Sídorov, que toda noite pousava em mim a pata peluda de sua tristeza. Felizmente, naquela noite devastada pelo leite da lua, Sídorov não disse palavra. Cercado de livros, ele escrevia. Em cima da mesa fumegava uma vela corcunda, a pira fúnebre dos sonhadores. Sentado à parte, eu tirava uma pestana, os sonhos pulavam ao meu redor feito gatos. E só bem tarde da noite fui acordado por um ordenança, que viera convocar Sídorov ao Estado-Maior. Os dois saíram juntos. Então corri até a mesa em que Sídorov ficara escrevendo e dei uma folheada nos livros. Havia ali um manual de língua italiana para autodidatas, uma reprodução do Fórum Romano e um mapa de Roma. O mapa da cidade estava todo marcado de cruzes e pontos. Debrucei-me sobre uma folha escrita e, com o coração aos pulos, torcendo os dedos, li uma carta alheia. Sídorov, o assassino macambúzio, rasgou em pedaços o algodão rosa de minha imaginação e arrastou-me pelos corredores de sua loucura ajuizada. A carta começava pela segunda folha, e eu não tive coragem de procurar o começo:

... o pulmão perjurado e desatinando um pouco, ou, como diz Serguei, perdendo a cabeça. Mas quem não perde a cabeça de um jeito, acaba perdendo de outro. Pensando bem, é melhor deixar as brincadeiras de lado... Voltemos à ordem do dia, minha amiga Viktória...

Participei da campanha de Makhnó durante três meses, uma farsa extenuante e mais nada... Só Volin ainda continua lá. Volin enverga os paramentos sacerdotais e almeja tornar-se o Lênin da anarquia. É terrível. O batko dá-lhe ouvidos, afagando os arames empoeirados de suas melenas e soltando entre os dentes cariados sua risadinha de mujique. E eu agora já não sei se não há nisso tudo a erva daninha da anarquia, e se não passaremos a perna em vocês, prósperos membros improvisados de um CC de fabricação caseira, made in Khárkov, a capital improvisada. Bons sujeitos como vocês não gostam de lembrar agora os pecados anarquistas da juventude, e riem-se deles do alto da sabedoria dos dirigentes. O diabo que os carregue...

Depois fui parar em Moscou. Como acabei indo parar em Moscou? Os rapazes tinham esculhambado um fulano num caso de requisição ou coisa assim. Eu, besta, me intrometi. Levei uma surra que foi merecida. O machucado era o de menos, mas em Moscou, ai, Viktória, em Moscou eu emudeci de desgosto. Todos os dias as enfermeiras do hospital me serviam um grãozinho de kacha. Cheias de cerimônia, elas traziam a comida numa enorme bandeja, e eu passei a detestar aquela kacha de brigada de choque, o abastecimento fora do plano e a Moscou planificada. Depois, no soviete, encontrei um punhado de anarquistas. Eram todos janotas ou velhotes meio destrambelhados. Meti-me no Kremlin com um autêntico plano de trabalho. Passaram a mão na minha cabeça e me prometeram o cargo de assessor, caso eu me emendasse. Não me emendei. O que veio depois? Depois veio o front. O Exército de Cavalaria, a tropa, cheirando a sangue fresco e a restos humanos.

Salve-me, Viktória! A sabedoria dos dirigentes me deixa louco e bêbado de tédio. Se você não me ajudar, acabo batendo as botas sem plano nenhum. Se existe alguém que queira um combatente morto de forma tão desorganizada, certamente não é você, Viktória, a noiva que nunca chegará a ser esposa. E lá vem o sentimentalismo de novo, pois ele que se ferre...

Agora vamos falar do que importa. A vida militar me aborrece. O ferimento me impede de montar, o que significa que não estou mais em condições de combater. Use sua influência, Viktória, para que me mandem para a Itália. Estou aprendendo italiano e em dois meses já estarei sabendo falar. Na Itália há fogo sob as cinzas. Lá muitas coisas estão maduras. Só faltam dois tiros. Um deles será disparado por mim. É preciso mandar o rei para o outro mundo. Isso é muito importante. O rei deles é um bom sujeito que, em nome da popularidade faz-se fotografar na companhia de socialistas domesticados, para sair nas revistas de família.

No CC, no Narkomindei, não vá mencionar nem rei, nem tiros. Eles passariam a mão na sua cabeça e balbuciariam: "*É um romântico!*" Diga apenas: ele está doente, com raiva, bêbado de tédio, e só quer o sol da Itália e bananas. Pois fez ou não fez por merecer? Só para se tratar e basta.* Do contrário, que o mandem para a Tcheká de Odessa... Lá eles são muito sensatos e...

Quanta besteira, e que modo besta e injusto de lhe escrever, minha amiga Viktória...

A Itália entrou no meu coração como uma alucinação. Para mim, a ideia daquela terra que nunca vi é doce como um nome de mulher, como o seu nome, Viktória...

Li a carta e tratei de me acomodar no meu leito sujo e desmantelado, mas o sono não vinha. Do outro lado da parede, uma judia grávida chorava desconsolada, e o marido esgrouvinhado respondia-lhe com um murmúrio cheio de gemidos. Estavam lembrando as coisas que lhes tinham sido roubadas, e recriminavam-se um ao outro pelo descuido. Mais tarde, antes do amanhecer, Sídorov voltou. Em cima da mesa a vela gasta bruxuleava. Sídorov tirou de sua bota outro toco e, profundamente absorto, sufocou com ele o pavio fundido. Nosso quarto era escuro e lúgubre, pairava ali o fedor de umidade noturna, e apenas a janela transbordante de luar brilhava como uma libertação.

O meu vizinho aflito aproximou-se e guardou a carta. Sentado, debruçou-se sobre a mesa e folheou o álbum ilustrado com vistas de Roma. O suntuoso volume com lombada de ouro estava aberto diante de seu rosto olináceo e inexpressivo. Acima de suas costas encurvadas resplandeciam as ruínas do Capitólio e a arena do Coliseu, iluminada por um sol ocidental. Havia também uma fotografia da família real, no meio das grossas folhas acetinadas. Num pedaço de papel, arrancado de um calendário, aparecia o afável e minúsculo rei Victor Emanuel com a consorte de cabelos negros, o príncipe herdeiro Humberto e uma ninhada inteira de princesas.

...E a noite estava ali, cheia de sons remotos e lúgubres, um quadrado de luz recortado na escuridão úmida — e nela o rosto cadavérico de Sídorov, máscara sem vida suspensa sobre a chama amarela da vela.

---

* Em italiano transliterado para o russo, no original. [N. T.]

Guedáli

Na véspera do sabá atormenta-me a densa tristeza das recordações. Naquelas noites, no passado, meu avô acariciava com sua barba amarela os volumes de Ibn Ezra. A vovó, com uma touca bordada na cabeça, tirava a sorte com seus dedos nodosos à luz do círio do sábado e soluçava suavemente. Meu coração de criança, naquelas noites, era embalado como um barco sobre ondas encantadas...

Fico dando voltas por Jitómir à procura da tímida estrela.* Junto da antiga sinagoga, encostados nos muros amarelos e indiferentes, alguns velhos judeus vendem giz, pavios e anil — judeus de barbas proféticas, com trágicos farrapos sobre os peitos cavados...

Eis diante de mim o mercado e a morte do mercado... A alma gorda da fartura foi morta. Das lojas pendem cadeados silenciosos, e o granito da calçada está limpo como o crânio de um morto. Ela pisca e esmorece, a minha tímida estrela...

A sorte alcançou-me mais tarde, e chegou bem na hora do pôr do sol. A lojinha de Guedáli escondia-se nas densas fileiras de lojas fechadas. Dickens, onde estaria naquela noite a tua sombra benévola?** Terias visto, naquela lojinha de antiquário, pantufas douradas e amarras de navios, uma velha bússola, uma águia empalhada, uma Winchester de caça com a data "1810" gravada e uma caçarola quebrada.

O velho Guedáli move-se em volta de seus tesouros no vazio róseo da noite. O pequeno proprietário, de óculos esfumaçados e uma capa verde que vai até o chão, esfrega as mãozinhas brancas, puxa a barbicha grisalha e ouve, com a cabeça inclinada, as vozes invisíveis que pairam à sua volta.

A loja é como a caixinha de um menino sério e ansioso por saber, do qual sairá um professor de botânica. Lá dentro encontram-se até botões e uma borboleta morta. E seu pequeno proprietário se chama Guedáli. Todos abandonaram o mercado, mas Guedáli ficou. Ele dá voltas num labirinto de globos terrestres, crânios, flores murchas,

---
* A estrela de Davi. [N.T.]
** Referência ao romance de Charles Dickens (1812-70) *The Old Curiosity Shop*. [N.T.]

agitando um espanador colorido, de penas de galo, para tirar o pó das flores mortas.

Sentamo-nos sobre pequenos barris de cerveja. Guedáli torce e alisa a barbicha minguada. Seu chapéu cilíndrico balança sobre nós feito uma pequena torre negra. Um ar morno nos acaricia e o céu muda de cor. Um sangue mole jorra de uma garrafa caída lá de cima, e um suave perfume de corrupção me envolve.

— A Revolução? Nós diremos sim a ela. Mas e ao sabá, por acaso teremos que dizer não ao sabá? — assim começa Guedáli, e ele me enreda com as cordas de seda de seus olhos embaçados. — "Sim", grito eu para a revolução, eu grito "sim" para ela, mas ela se esconde de Guedáli, e manda para a frente apenas a fuzilaria...

— A luz do sol não penetra em olhos fechados — respondo ao velhinho —, mas nós abriremos os olhos fechados...

— O polonês fechou meus olhos — sussurra o velho, com voz quase imperceptível. — O polonês é um cão maldito. Ele agarra o judeu e arranca a barba dele, ah, o cachorro! E eis que agora batem nele, nesse cão maldito. Isto, sim, é que é belo, esta, sim, é que é a Revolução! E depois, quando aquele que bateu no polonês me diz: "Entregue-nos seu gramofone em troca disso, Guedáli...", eu respondo à Revolução: "Mas eu gosto de música, senhores..." "Mas você, Guedáli, não sabe do que você gosta. Vou atirar em você, e aí você vai saber. Porque eu não posso fazer outra coisa a não ser atirar, porque eu... eu sou a Revolução..."

— Ela não pode deixar de atirar, Guedáli — digo eu ao velhinho —, porque ela é a Revolução...

— Mas o polonês estava atirando, meu caro *pan*, porque ele era a contrarrevolução. E vocês atiram porque são a Revolução. Mas a Revolução é alegria. E a alegria não gosta de ter órfãos pela casa. O homem bom faz boas obras. A Revolução é uma boa obra de homens bons. Mas os homens bons não matam. Então, quer dizer que quem faz a Revolução são os homens maus. Mas os poloneses também são homens maus. Quem dirá a Guedáli de que lado está a Revolução e de que lado está a contrarrevolução? Um dia eu estudei o Talmude, e gosto dos comentários de Rachi e dos livros de Maimônides, e há pessoas inteligentes em Jitómir. E eis que nós todos, pessoas instruídas, levamos o rosto ao chão e gritamos numa única voz: "Ai de nós! Onde está a doce Revolução?..."

O velho calou-se. E nós vimos a primeira estrela que atravessava a Via Láctea em toda a sua extensão.

— O sabá está começando — Guedáli sentenciou com gravidade — e os judeus têm que ir à sinagoga... *Pan* camarada — disse ele, levantando-se, e o chapéu balançou em sua cabeça feito uma torrezinha negra. — Traga para nós, em Jitómir, alguns homens bons. Oh, nossa cidade tem escassez, oh, uma grande escassez deles! Traga-nos homens bons, e nós entregaremos a eles todos os nossos gramofones. Nós não somos ignorantes. A Internacional... nós sabemos o que é a Internacional. E eu quero uma Internacional de homens bons. E eu quero que cada alma esteja na lista e que cada alma tenha direito a uma ração de primeira classe. Aí está, almazinha, coma, por favor, e tire da vida a sua alegria! A Internacional, *pan* camarada, o senhor nem sabe com o que eles a comem...

— Comem com pólvora — respondi ao velhinho — e temperam com o melhor dos sangues... Mas eis que já subia a seu trono, vindo da treva azulada, o sabá recém-nascido. — Guedáli — digo —, hoje é noite de sexta-feira, e já escureceu. Onde podemos encontrar uma rosca judaica, um copo de chá judaico e um pouco desse deus aposentado num copo de chá?

— Não há — responde-me Guedáli, pondo o cadeado em sua cozinha —, não há. Aqui do lado há uma taverna que era mantida por gente honesta, mas agora não se come mais lá, só se chora...

Ele abotoou sua capa verde com três botões de osso, espanou-se com as penas de galo, borrifou com água as palmas macias e se afastou, minúsculo, solitário, sonhador, com sua cartola preta na cabeça e um grosso livro de orações debaixo do braço.

Chega o sábado. Guedáli, fundador de uma Internacional irrealizável, foi para a sinagoga rezar.

Meu primeiro ganso

Savítski, o *comdiv* 6, levantou-se ao me ver, e eu fiquei admirado com a beleza de seu corpo gigantesco. Levantou-se e, com a púrpura de suas calças de montar, o gorro carmesim caído de lado e as medalhas penduradas no peito, cortou a isbá pelo meio, feito um estandarte cortando o céu. Cheirava a perfume e sabão fresco e adocicado. Suas pernas compridas, em reluzentes botas de montar, pareciam moças encouraçadas até os ombros.

Ele sorriu para mim, bateu na mesa com o chicote e puxou uma ordem que o chefe do Estado-Maior acabava de ditar. Era uma ordem para que Ivan Tchesnókov avançasse com o regimento a seu comando em direção a Tchugúnov-Dobryvodka e, ao entrar em contato com o inimigo, o aniquilasse...

"... Aniquilamento este", pôs-se a escrever o comandante da Divisão, borrando toda a folha, "que confio à responsabilidade do referido Tchesnókov até a medida extrema, que aplicarei no local; e disso, camarada Tchesnókov, você não pode duvidar, visto não ser o primeiro mês que trabalha comigo no front..."

O *comdiv* 6 rubricou a ordem com um floreio, atirou-a a um de seus ordenanças e voltou para mim os olhos cinzentos, onde dançava a alegria.

Entreguei-lhe o papel que me designava para o Estado-Maior da Divisão.

— Cumpra-se a ordem! — disse o comandante. — Cumpra-se a ordem, e que obtenha todas as satisfações,* menos as da frente. Sabe ler e escrever?

— Sei ler e escrever — respondi, invejando-lhe o ferro e as cores de sua juventude —, sou formado em direito pela Universidade de Petersburgo...

— Um queridinho — pôs-se a gritar, rindo —, e de óculos no nariz! Seu piolhento!... Mandam vocês, sem perguntar nada, e isso aqui não é nada fácil para quem usa óculos. Como é, vai ficar com a gente?

---

* No original há um trocadilho entre "prazer" *(udovólstvie)* e "provisões" *(prodovólstvie)*. [N.T.]

— Vou ficar — respondi, e fui à aldeia com o furriel procurar uma pousada.

O furriel foi carregando meu baú nos ombros, a rua do povoado se estendia à nossa frente, circular e amarela feito uma abóbora, e o sol moribundo exalava seu hálito rosado no céu.

Chegamos a uma *khata* com guirlandas pintadas; o furriel parou e disse de repente, com um sorriso culpado:

— Não dá para controlar a implicância com quem usa óculos que temos aqui. Aqui, arrancam o couro de quem é mais distinto que os outros. Mas é só desonrar uma senhora, a senhora mais pura, para cair nas boas graças dos soldados...

Ele titubeou com meu baú nos ombros, achegou-se para bem perto de mim, depois recuou de supetão, todo desconcertado, e correu para o quintal mais próximo. Havia ali uns cossacos sentados no feno, barbeando-se uns aos outros.

— Atenção, soldados — disse o furriel, depositando meu baú no chão. — De acordo com as ordens do camarada Savítski, este homem deve ser admitido no alojamento de vocês, e nada de bobagens, pois este homem já sofreu o bastante na seção de instrução...

O furriel enrubesceu e saiu sem olhar para trás. Eu levei a mão à pala do boné e saudei os cossacos. Um jovem de cabelos lisos cor de linho e com um belo rosto de Riazan aproximou-se do meu baú e atirou-o portão afora. Depois, deu-me as costas e começou a soltar ruídos indecentes com uma habilidade extraordinária.

— Canhão número zero zero — gritou-lhe um cossaco mais velho, pondo-se a rir —, fogo rápido...

O rapaz esgotou sua ingênua habilidade e afastou-se. Então, arrastando-me no chão, comecei a recolher meus manuscritos e trapos rasgados que tinham caído do baú. Juntei-os e levei-os para o outro extremo do quintal. Perto da *khata,* em cima de uns tijolos, havia um caldeirão com carne de porco cozinhando, que fumegava como fumega ao longe a casa paterna na aldeia e que dentro de *mim* confundia a fome com uma solidão sem igual. Cobri de feno meu baú destroçado, fazendo dele um travesseiro, e deitei no chão, para ler no *Pravda* o discurso de Lênin durante o Segundo Congresso do Komintern. O sol desabava sobre mim por entre os picos dentados das colinas, os cossacos esbarravam em minhas pernas ao passar, o rapaz não parava de zombar de mim, as linhas preferidas chegavam-me por um caminho de espinhos e não conseguiam me atingir. Então pus o jornal de lado e aproximei-me da dona da casa, que estava dobando lã no alpendre.

— Dona — eu disse —, preciso comer...

A velha ergueu para mim o branco que transbordava de seus olhos quase cegos e tornou a baixá-lo.

— Camarada — disse ela após um breve silêncio —, é por causa de coisas assim que tenho vontade de me enforcar.

— Que se enforque a mãe de Nosso Senhor — resmunguei, irritado, empurrando a velha com um soco no peito. — Só me faltava ter que lhe dar explicações...

E, ao virar-me, vi um sabre largado ali perto. Um ganso de ar severo andava pelo quintal, limpando imperturbavelmente suas penas. Alcancei e curvei o ganso para o chão; sua cabeça estalou sob minha bota; estalou e sangrou. O pescoço branco ficou estendido sobre o esterco e as asas se juntaram por cima da ave morta.

— Que se enforque a mãe de Nosso Senhor! — disse eu, enfiando o sabre no ganso. — Asse-o para mim, dona.

Soltando chispas pelos olhos cegos e pelos óculos, a velha apanhou a ave, embrulhou-a no avental e levou-a até cozinha.

— Camarada — disse, depois de uma pausa —, tenho vontade de me enforcar. — E fechou a porta atrás de si.

Enquanto isso, no quintal, os cossacos já estavam sentados em volta do caldeirão. Estavam imóveis, empertigados como sacerdotes, sem olhar para o ganso.

— O rapaz é dos nossos — disse um deles, deu uma piscada e pegou uma colherada de *chtchi*.

Os cossacos começaram a jantar com a elegância contida de mujiques que se respeitam mutuamente, e eu limpei o sabre com areia, saí pelo portão e tornei a entrar, muito aflito. A lua pendia sobre o quintal como um brinco barato.

— Irmão — disse de repente Suróvkov, o mais velho dos cossacos —, sente-se aqui e coma com a gente até seu ganso ficar pronto...

Tirou da bota uma colher sobressalente, entregando-a para mim. Tomamos a sopa de repolho que eles mesmos haviam feito e comemos o porco.

— E o que estão dizendo no jornal? — perguntou o rapaz de cabelo de linho, abrindo lugar para mim.

— No jornal, Lênin diz... — falei, sacando o *Pravda* — ...Lênin diz que nos falta tudo...

E, em voz alta, como um surdo triunfante, li para os cossacos o discurso de Lênin.

A tarde envolveu-me na umidade vivificante de seus lençóis crepusculares, a tarde pousou suas mãos maternais na minha testa ardente.

Eu lia e exultava, espiando, em meio ao entusiasmo, a curva misteriosa da reta de Lênin.

— A verdade faz cócegas no nariz de todo mundo* — disse Suróvkov, quando acabei —, mas o difícil é tirá-la do montão, enquanto ele a pega imediatamente, feito uma galinha pega um grão.

Assim Suróvkov, chefe de destacamento do esquadrão do Estado-Maior, falou de Lênin, e depois fomos dormir no celeiro. Dormimos os seis ali, um aquecendo ao outro, com as pernas entrelaçadas, sob o teto esburacado que deixava entrar as estrelas.

Sonhei e via mulheres no sonho, mas meu coração, banhado pela matança, gemia e sangrava.

---

* No original, ocorre um trocadilho com o nome do jornal *Pravda,* "verdade". [N.T.]

O RABINO

— ...Tudo é mortal. A vida eterna é destinada apenas à mãe. E, quando a mãe não está mais entre os vivos, deixa uma lembrança de si que ninguém ainda ousou profanar. A lembrança da mãe nutre em nós uma compaixão como o oceano, e o oceano sem fim nutre os rios que sulcam o Universo...

Estas palavras eram de Guedáli. Ele as proferia com gravidade. O entardecer que se apagava o envolvera na rósea fumaça de sua tristeza. O velho disse:

— Arrombaram portas e janelas no ardente edifício do hassidismo, mas ele é eterno como a alma de uma mãe... Com suas órbitas vazadas, o hassidismo ainda está de pé, no cruzamento dos ventos da história.

Assim falou Guedáli, e após ter recitado suas orações na sinagoga, ele me levou até o rabino Motale, o último rabino da dinastia de Tchernóbyl.

Eu e Guedáli subimos a rua principal. Brancas igrejas católicas brilhavam ao longe como campos de trigo sarraceno. Uma roda de canhão gemia atrás da esquina. Duas ucranianas grávidas saíram de um portão, tilintando seus colares, e sentaram-se num banco. Uma estrela tímida acendeu-se nas batalhas alaranjadas do ocaso, e o descanso, o descanso do sábado, desceu sobre os telhados curvos do gueto de Jitómir.

— É aqui — sussurrou Guedáli, e apontou para uma casa comprida, com a fachada caindo aos pedaços.

Entramos num cômodo vazio e cheio de pedras, feito um cemitério. O rabino Motale estava sentado à mesa, rodeado por impostores e possessos. Vestia um gorro de zibelina e um roupão branco, preso por um cordão. O rabino estava sentado, com os olhos cerrados, e remexia com os dedos magros a penugem amarelada da barba.

— De onde vem o hebreu? — perguntou-me ele, levantando as pálpebras.

— De Odessa — respondi.

— Cidade devota — disse o rabino. — A estrela de nosso exílio, o involuntário poço de nossas desventuras!

— De que se ocupa o hebreu?

— Ponho em versos as aventuras de Herchele de Ostrópol.

— Grande tarefa — murmurou o rabino, e fechou as pálpebras. — O chacal geme quando tem fome, a cada estúpido basta sua própria estupidez para desalentá-lo: só o sábio descortina com seu riso o véu da existência... O que estudou o hebreu?

— A Bíblia.

— E o que busca o hebreu?

— O contentamento.

— *Reb* Mordkhe — disse o *tsadik*, sacudindo a barba —, faça com que esse jovem tenha lugar à mesa, coma esta noite junto com os outros hebreus, se regozije por estar vivo e não morto, bata palmas quando seus vizinhos dançarem e beba vinho, se vinho lhe for oferecido...

E *Reb* Mordkhe veio até mim saltitando, um velho bufão, com as pálpebras reviradas, um velhinho corcunda não mais alto que um menino de dez anos.

— Ah, meu caro e tão jovem amigo! — disse o andrajoso *Reb* Mordkhe, piscando para mim. — Ah, quantos ricos estúpidos conheci em Odessa, quantos sábios miseráveis conheci em Odessa! Sente-se à mesa, jovem, e beba o vinho que não lhe será oferecido...

Sentamo-nos todos, um ao lado do outro, impostores, possessos e basbaques. Num canto gemiam, sobre seus livros de oração, judeus espadaúdos, que pareciam pescadores e apóstolos. Guedáli, em sua capa verde, cochilava de encontro à parede, como um pássaro de penas coloridas. E, de repente, vi um jovem atrás das costas de Guedáli, um jovem com o rosto de Espinosa, com a poderosa testa de Espinosa e o rosto definhado de uma freira. Ele fumava e tremia, feito um fugitivo reconduzido ao cárcere depois da fuga. Mordkhe, o esfarrapado, arrastou-se por trás dele, arrancou-lhe o cigarro da boca e correu junto a mim.

— É Iliá, o filho do rabino — disse Mordkhe, com a voz rouca, falando ao meu ouvido, até quase tocar-me com a carne sangrenta de suas pálpebras rasgadas —, o filho maldito, o caçula, o filho rebelde...

E Mordkhe ameaçou o jovem com seu punho e cuspiu no rosto dele.

— Que o Senhor seja abençoado! — ecoou então a voz do rabino Motale Bratslávski, que quebrava o pão com suas mãos de monge —, bendito seja o Deus de Israel que elegeu a nós entre todas as gentes da Terra...

O rabino abençoou a comida, e todos nós nos sentamos à mesa. Vindos da rua, ouviam-se relinchos de cavalos e uma gritaria de cossacos. O deserto da guerra bocejava lá fora. O filho do rabino fumava um cigarro após outro em meio ao silêncio e às rezas. Quando a ceia terminou, fui o primeiro a me levantar.

— Meu caro e tão jovem amigo — murmurou Mordkhe atrás de mim, puxando-me pelo cinto —, se no mundo só houvesse ricos malvados e pobres vagabundos, de que os santos homens iriam viver?

Dei algum dinheiro para o velho e saí à rua. Despedi-me de Guedáli e voltei à estação. Lá, na estação, no trem de propaganda do Primeiro Exército de Cavalaria esperava-me o brilho de cem fogos, o relâmpago mágico da estação de rádio, a corrida obstinada das máquinas tipográficas e um artigo por terminar, para o jornal O *Cavalariano Vermelho*.

O caminho de Bródy

Sinto pena das abelhas. Elas foram exterminadas pelos exércitos em guerra. Na Volýnia não existem mais abelhas.

Nós profanamos as colmeias. Nós as envenenamos com enxofre e as destruímos com pólvora. Os trapos chamuscados exalavam mau cheiro nas sacrossantas repúblicas das abelhas. Ao morrer, elas voavam lentamente, e seu zumbido era quase imperceptível. Por falta de pão, extraíamos o mel com nossos sabres. Na Volýnia não há mais abelhas.

A crônica de tantos crimes rotineiros me oprime incessantemente, como um vício cardíaco. Ontem foi o dia da primeira batalha nos arredores de Bródy. Íamos sem suspeitar de nada, eu e Afonka Bida, meu amigo, perdidos em terras azuis. Os cavalos tinham recebido sua ração ao amanhecer. O centeio estava alto, o sol, magnífico, e a alma, que não merecia esses céus esplendorosos e alados, sedenta por lentas torturas.

— Em nossos povoados de cossacos as comadres contam muitas coisas sobre abelhas e sua cordialidade — começou o chefe, amigo meu —, e cada uma conta uma história diferente. Se os homens ofenderam Cristo, ou se isso não aconteceu, os que virão depois de nós o saberão no correr do tempo. Mas, pelo que as comadres contam nos nossos povoados, Cristo estava muito angustiado na cruz, e em volta dele, a atormentá-lo, voavam vários tipos de mosquitos, e ele os olhou nos olhos e sentiu desânimo. Porém, o infinito enxame de mosquitos não vê os seus olhos. Mas há também uma abelha voando em torno de Cristo. "Pique-o!", grita o mosquito à abelha. "Pique-o! Pique-o por nós...!" "Não posso", diz a abelha, levantando suas asas sobre o Cristo. "Não posso! Ele pertence à classe dos carpinteiros..." É preciso entender as abelhas — conclui Afonka, o chefe do meu pelotão —, mas agora são elas que têm que ter paciência. Por acaso não estamos lutando por elas também?...

E, agitando as mãos, Afonka desatou a cantar. Era a canção do cavalinho baio. Oito cossacos, o pelotão de Afonka, puseram-se a acompanhar a canção.

— O cavalinho baio chamado Djiguit pertencia a um primeiro-tenente cossaco que havia ficado embriagado de vodca no dia em que teve a cabeça cortada — assim cantava Afonka, esticando a voz feito uma corda e quase pegando no sono. — Djiguit era um cavalo fiel, mas em dia de festa o tenente não conhecia limites para as suas vontades. Foram cinco garrafas no dia em que lhe cortaram a cabeça. Na quarta garrafa o tenente montou no cavalo e galopou rumo ao céu. A subida foi longa, mas Djiguit era um cavalo fiel. Eles chegaram ao céu e o tenente lembrou-se da quinta garrafa, mas a última garrafa havia ficado na Terra. Então, o tenente começou a chorar pela inutilidade de seus esforços. Chorava, e Djiguit esticava as orelhas, olhando para o dono...

Assim cantava Afonka, bocejando e cochilando. A canção flutuava feito fumaça, e nós marchávamos para o crepúsculo. Seus rios ferventes transbordavam sobre as colchas bordadas das terras dos camponeses. O silêncio tingia-se de rosa. A terra jazia como o dorso de um gato coberto do pelo brilhante dos trigais. No declive incrustava-se a pequena aldeia de barro, Klekotov. A visão de Bródy nos esperava além do vau, cadavérica e ameada. Mas em Klekotov um tiro passou silvando por nosso rosto. De trás de uma cabana, assomaram dois soldados poloneses: seus cavalos estavam amarrados no poste. De repente, a bateria ligeira do inimigo subiu correndo pelo barranco. As balas se estendiam como fios na estrada.

— Avante! — gritou Afonka.

E galopamos.

Ó, Bródy! As múmias de tuas paixões destruídas bafejavam-me seu incurável veneno. Eu já sentia o frio mortal das órbitas, banhadas de lágrimas geladas. E eis que um galope trôpego me transporta para longe das pedras rachadas de tuas sinagogas...

Teoria da *tatchanka*

Do Estado-Maior enviaram-me um cocheiro, ou seja, um "condutor", como nós dizemos. O sobrenome dele é Grichtchuk. Tem 39 anos.
Grichtchuk passou cinco anos como prisioneiro dos alemães. Alguns meses atrás conseguiu escapar e atravessou a Lituânia, o noroeste da Rússia, chegou até a Volýnia e em Beliov foi alcançado pela Comissão de Alistamento mais desmiolada do mundo e reintegrado ao serviço militar. Para chegar ao distrito de Kremiénets, onde Grichtchuk nasceu, só lhe faltavam cinquenta verstas. No distrito de Kremiénets ele tem mulher e filhos. Ele está fora de casa há cinco anos e dois meses. A Comissão de Alistamento fez dele meu condutor, e eu deixei de ser um pária entre os cossacos.
Eu sou dono de uma *tatchanka* e de seu respectivo cocheiro. Uma *tatchanka*! Esta palavra tornou-se a base do triângulo sobre o qual nossa rotina se apoia: matar — *tatchanka* — sangue.
A brisca, tão comum entre os popes e os funcionários, chegou a ter proeminência por causa de um capricho de nossas desavenças de guerra e tornou-se um meio ágil e ameaçador nos combates. Criou uma nova estratégia e uma nova tática, transformou o aspecto da guerra, gerou os heróis e os gênios da *tatchanka*. Um deles foi Makhnó, que havia tornado a *tatchanka* o eixo de sua maliciosa e secreta estratégia, que aboliu a infantaria, a artilharia e até mesmo a cavalaria, e substituiu essas massas desajeitadas por trezentas metralhadoras parafusadas em briscas. Um deles foi Makhnó, multiforme como a natureza. Carros de feno, enfileirados em ordem de combate, tomam as cidades. Um cortejo nupcial, aproximando-se da sede de um Comitê Executivo do distrito, abre sem titubear um fogo concentrado, e um padreco esquálido, que desfralda sobre sua cabeça a bandeira negra do anarquismo, exige das autoridades a rendição dos burgueses, a rendição dos proletários, vinho e música.
Um exército de *tatchankas* possui uma incrível capacidade de manobra.
Budiónni demonstrou isso tão bem quanto Makhnó. Atacar um exército de *tatchankas* é difícil; tomá-lo de surpresa, impossível. Uma metralhadora escondida no meio do esterco e uma *tatchanka* estacionada

debaixo de um telheiro, na casa de um camponês — ambas deixam de ser alvos militares. Esses pontos ocultos, elementos imagináveis mas não de todo perceptíveis, reproduzem em seu conjunto a nova essência de qualquer aldeia ucraniana — feroz, gananciosa e rebelde. Em uma hora, Makhnó consegue colocar em pé de guerra um exército assim constituído, com munições escondidas em todos os cantos; menos do que isso é necessário para desmobilizá-lo.

Do nosso lado, na cavalaria regular de Budiónni, a *tatchanka* não tem um predomínio tão excepcional. Contudo, todos os nossos destacamentos de metralhadoras só se deslocam sobre as briscas. A inventividade dos cossacos distingue dois tipos de *tatchankas*: as oficiais e as dos colonos. Isso não é uma invenção, mas uma diferença que existe na realidade.

Nas briscas oficiais, veículos desengonçados, construídos sem o menor capricho, sem o menor engenho, um miserável exército de funcionários de nariz vermelho, um amontoado de gente sonolenta que se apressa para um inquérito ou uma autópsia vai sacolejando pelos trigais das estepes do Kuban; as *tatchankas* dos colonos, pelo contrário, vêm da bacia do Volga, de Samara e dos Urais, das férteis colônias alemãs. Os largos espaldares de carvalho das *tatchankas* dos colonos são decorados com pinturas caseiras, com volumosas guirlandas alemãs, de flores rosadas. O fundo sólido é reforçado com ripas de ferro. O chassis se apoia em inesquecíveis molas. Eu sinto o calor de muitas gerações nessas molas que agora sacolejam nas estradas destruídas da Volýnia.

Saboreio o arroubo da primeira posse. Todos os dias, nós atrelamos o carro depois do almoço. Grichtchuk tira os cavalos do estábulo. Estão cada dia mais fortes. Já descubro com vaidosa alegria um brilho fosco em seus flancos escovados. Esfregamos suas patas inchadas, aparamos a crina, jogamos arreios cossacos na garupa, uma rede contorcida e ressecada de correias fininhas, e saímos do pátio em trote rápido. Grichtchuk senta de lado, na boleia. Meu assento é revestido por um saco de estopa colorido e por um feno aromático de bálsamos e quietude. As rodas altas retinem nos grãos da areia branca. Quadrados de papoula floridos enfeitam a terra, igrejas destruídas brilham nas colinas. No alto, estrada acima, num nicho destroçado por um tiro, está a estátua parda de Santa Úrsula, com seus braços roliços desnudos. E finos caracteres antigos tecem uma corrente desigual sobre o ouro obscurecido do frontão... "Para a glória de Jesus e de sua divina Mãe..."

Vilarejos judeus desabitados amontoam-se aos pés das propriedades dos *pans*. Ao pé dos muros de tijolos cintila um fatídico pavão, uma visão impassível nos espaços azuis. Escondida entre as casinhas dispersas, a sinagoga achata-se, cegada, saqueada, sobre a mísera terra, redonda como um chapéu hassídico. Judeus de ombros estreitos vagueiam tristemente nas encruzilhadas. Na lembrança, acende-se a imagem dos judeus meridionais, joviais, barrigudos e efervescentes como o vinho barato. Não se pode compará-los à amarga altivez desses torsos longos e ossudos, dessas trágicas barbas amarelas. Em seus traços apaixonados, atormentadamente cavados, não há redondez, nem o pulsar quente do sangue. Os movimentos dos judeus da Volýnia e da Galícia são bruscos, impetuosos e ofendem o bom-tom. Mas a força da aflição deles é repleta de uma tenebrosa magnificência, e seu secreto desdém para com o *pan* não tem limites. Ao vê-los, compreendi a história pungente daquela região e as narrativas dos talmudistas donos de tavernas arrendadas, dos rabinos dedicados à usura, das moças violentadas pelos mercenários poloneses, pelas quais os magnatas da Polônia se batiam em duelo.

A morte de Dolguchov

As cortinas do combate aproximavam-se da cidade. Ao meio-dia passou voando diante de nós, numa *burka* preta, Korotcháev, o rebaixado *comdiv* 4, que combatia sozinho e estava à procura da morte. Ele gritou para mim, enquanto galopava:

— As nossas comunicações estão interrompidas. Radziwillov e Bródy estão em chamas!...

E saiu a galope, esvoaçando, todo preto; as pupilas, dois carvões.

Na planície, lisa como uma tábua, as brigadas se reagrupavam. O sol rolava numa poeira rubra. Os feridos mastigavam nas trincheiras. As irmãs de misericórdia, deitadas na grama, cantavam a meia-voz. Os batedores de Afonka rastreavam o campo à procura de equipamentos e cadáveres. Afonka passou a dois passos de mim e me disse, sem virar a cabeça:

— Estão levando uma surra, como dois e dois são quatro. Fala-se na destituição do *comdiv*. Os soldados estão desconfiados...

Os poloneses tinham chegado até o bosque, a umas duas ou três verstas de nós, e colocaram as metralhadoras em algum lugar ali perto. Os projéteis uivavam e assobiavam. Seu lamento crescia, e não dava para aguentar. As balas batiam no solo e ricocheteavam, trêmulas de impaciência. Vytiagáitchenko, o comandante do regimento que roncava ao sol, deu um grito enquanto dormia e acordou. Montou no cavalo e galopou rumo à vanguarda do esquadrão. Ele estava com o rosto amassado, cheio de estrias vermelhas, por causa do mau jeito de dormir, e com os bolsos cheios de ameixas.

— Puta que o pariu — disse, zangado, cuspindo um caroço. — Que moleza danada! Tímochka, ergue a bandeira!

— E então, vamos? — perguntou Tímochka, soltando a haste do estribo e desenrolando a bandeira, com a estrela bordada e a divisa da Terceira Internacional.

— Logo veremos — disse Vytiagáitchenko, e de repente urrou, selvagem: — A cavalo, bando de maricas! Reúnam seus homens, comandantes de esquadrão!

Os corneteiros soaram o alarme. Os esquadrões enfileiraram-se em coluna. Um ferido saiu da vala, arrastando-se, e, cobrindo os olhos com a mão, disse a Vytiagáitchenko:

— Tarás Grigórievitch, falo em nome dos outros. Desconfiamos que vamos ficar por aqui...

— Vocês vão rechaçá-los — resmungou Vytiagáitchenko, e empinou seu cavalo.

— Entre nós há a ideia, Tarás Grigórievitch, de que não conseguiremos rechaçá-los... — disse o ferido atrás dele.

— Chega de lamúrias — replicou Vytiagáitchenko. — Não vou deixar vocês, acreditem. — E mandou atrelar um carro.

Naquele momento retiniu a voz de mulher chorona de meu amigo Afonka Bida:

— Por que trotar logo de saída, Tarás Grigórievitch? Até lá há mais cinco verstas por fazer. Como pretende lutar com os cavalos exaustos?... Não há nada para pilhar. Terá sempre o tempo de ir comer peras com a mãe de Deus...

— Marchar! — ordenou Vytiagáitchenko, sem erguer os olhos.

O regimento partiu.

— Se o que falam do *comdiv* for verdade — sussurrou Afonka, detendo-se um pouco —, se vão tirá-lo do posto, então é lavar o cavalo e dar no pé. E ponto final.

Jorraram lágrimas de seus olhos. Olhei para Afonka, mal acreditando. Ele girou sobre si como um pião, agarrou o quepe, resmungou, uivou e partiu em disparada.

Eu e Grichtchuk, com sua *tatchanka* idiota, ficamos até a noite sozinhos, zanzando entre muralhas de fogo. O Estado-Maior da divisão havia desaparecido. As outras unidades não quiseram nos aceitar. Os poloneses entraram em Bródy e foram rechaçados num contra-ataque. Avançamos até o cemitério da cidade. Dos túmulos, surgiu uma patrulha polonesa que agarrou o fuzil e começou a atirar contra nós. Grichtchuk deu meia-volta. Rangiam as quatro rodas da *tatchanka*.

— Grichtchuk! — gritei, entre os assobios e o vento.

— Que peça eles nos pregaram! — respondeu ele, com tristeza.

— Estamos perdidos — gritei para ele, tomado por uma excitação funesta. — Estamos perdidos, meu velho!

— Para que as mulheres têm tanto trabalho? — respondeu ele, ainda mais triste. — Para que noivados, casamentos, para que padrinhos para festejar as bodas?...

No céu brilhou uma cauda rosada e apagou-se. Entre as estrelas, tremeluziu a Via Láctea.

— Tenho vontade de rir — disse Grichtchuk, dolorosamente, apontando com o chicote para um homem sentado à beira da estrada —, tenho vontade de rir, que as mulheres se deem tanto trabalho...

O homem sentado à beira da estrada era Dolguchov, o telefonista. Com as pernas escancaradas, olhava com insistência para nós.

— É isso aí — disse Dolguchov, quando chegamos mais perto. — Estou morrendo... entenderam?

— Entendemos — respondeu Grichtchuk, freando os cavalos.

— Vocês vão ter que gastar uma bala comigo — disse Dolguchov.

Ele permanecia sentado com as costas apoiadas numa árvore. Uma bota de cada lado. Sem desviar os olhos de mim, ergueu cautelosamente a camisa. Sua barriga estava rasgada, as entranhas transbordavam sobre os joelhos e via-se o coração bater.

— A *szlachta* voltará e se divertirá comigo. Aqui estão meus documentos, escrevam para minha mãe o que aconteceu...

— Não — respondi, e esporeei o cavalo.

Dolguchov estendeu as palmas azuladas sobre a terra e olhou para elas, incrédulo...

— Você está fugindo? — murmurou ele, arrastando-se. — Você está fugindo, canalha...

O suor escorria pelo meu corpo. As metralhadoras estalavam cada vez mais rápido, com uma obstinação histérica. Coroado pela auréola do crepúsculo, Afonka Bida galopava em nossa direção.

— E estamos lhes dando uma bela surra! — gritou, alegre. — Mas que bagunça é essa?

Apontei Dolguchov e me afastei.

Trocaram poucas palavras, mas não consegui ouvir nada. Dolguchov estendeu seus documentos ao comandante. Afonka escondeu-os na bota e depois deu um tiro na boca de Dolguchov.

— Afonka — disse eu, com um sorriso de dar dó, aproximando-me do cossaco —, é que eu não consegui...

— Vá embora! — respondeu ele, pálido. — Eu mato você! Vocês, de óculos, têm tanta pena de nós quanto o gato tem do rato...

E armou o gatilho.

Fui embora a passo, sem me virar, sentindo o frio e a morte em minhas costas.

— Ei! — Grichtchuk gritou atrás dele — Deixe de besteira! — E segurou Afonka pelo braço.

— Sangue de lacaio! — gritou Afonka. — Das minhas mãos ele não escapa...

Grichtchuk alcançou-me numa curva. Afonka já não estava mais lá. Tinha partido na direção contrária.

— Veja só, Grichtchuk — disse eu —, hoje perdi Afonka, meu primeiro amigo...

Grichtchuk tirou da sela uma maçã enrugada.

— Coma — disse —, coma, por favor...

O *COMBRIG* DA SEGUNDA

Budiónni, de calças vermelhas com barras prateadas, estava encostado numa árvore. Tinham acabado de matar o *combrig* 2. Em seu lugar, o comandante do exército havia designado Koliésnikov.

Uma hora antes, Koliésnikov era comandante de regimento. Uma semana antes, comandante de esquadrão.

O novo comandante de brigada havia sido chamado à presença de Budiónni. O comandante do exército o esperava, encostado numa árvore. Koliésnikov chegou com Almázov, seu comissário.

— A corja está fechando o cerco — disse o comandante do exército, com seu sorriso radiante. — É vencer ou morrer. Não há outra saída. Entendido?

— Entendido — respondeu Koliésnikov, arregalando os olhos.

— E se fugir, eu o fuzilo — disse o comandante do exército, sorriu e voltou os olhos para o chefe da Seção Especial.

— Às ordens — disse o chefe da Seção Especial.

— É mão na roda, Koliésnikov! — gritou, todo animado, um cossaco ao lado.

Budiónni girou rapidamente sobre os tacões e cumprimentou o novo chefe de brigada. Este levou à viseira seus cinco dedos vermelhos juvenis, coberto de suor, foi embora, seguindo pela beira de um campo lavrado. Os cavalos esperavam-no a cem braças dali. Ele andava cabisbaixo, movendo com penosa lentidão as pernas longas e arqueadas. O rubor do crepúsculo derramava-se sobre ele, escarlate e inverossímil como a morte iminente.

E de repente, sobre a terra que se estendia ao longe, sobre a nudez amarela e revolvida dos campos, vimos somente os ombros estreitos de Koliésnikov, com os braços balançando, a cabeça baixa sob o quepe cinza.

O atendente trouxe-lhe o cavalo.

Ele saltou na sela e galopou em direção à sua brigada, sem se voltar. Os esquadrões estavam à sua espera na estrada principal, a estrada de Bródy.

Um "hurra" plangente, rasgado pelo vento, chegou até nós.

Pelo binóculo, eu via o *combrig* dar voltas em seu cavalo entre densas nuvens de poeira.

— Koliésnikov pôs a brigada em movimento — disse a sentinela sentada numa árvore sobre nossa cabeça.

— Sim — respondeu Budiónni, acendendo um cigarro e fechando os olhos.

O hurra havia se esvaído. O canhoneio esmoreceu. Uma granada sem rumo explodiu no bosque, e ouvimos o grandioso silêncio de uma refrega com armas brancas.

— O rapaz é corajoso — disse o comandante do exército, erguendo-se —, busca a glória. Há de encontrá-la.

E, após ter enfileirado os cavalos, Budiónni arrancou em direção ao campo de batalha. O Estado-Maior moveu-se atrás dele.

Ocorreu-me rever Koliésnikov naquela mesma tarde, uma hora depois de os poloneses terem sido aniquilados. Ele cavalgava à frente de sua brigada, sozinho, num cavalo baio, e cochilava. A mão direita caía para o lado, enfaixada. A dez passos dele, um cavaleiro cossaco carregava a bandeira desfraldada. O esquadrão de ponta cantarolava, preguiçoso, refrãos obscenos. A brigada se arrastava poeirenta e infindável como os carros dos camponeses a caminho da feira. No fim da fila, exaustas, as bandas de música tocavam.

Naquela noite, na pose de Koliésnikov vi a majestosa indiferença de um *khan* tártaro e reconheci a habilidade do famoso Kniga, do voluntarioso Pávlitchenko e do fascinante Savítski.

Sachka, o Cristo

Sachka era seu nome, mas lhe deram o apelido de Cristo por sua docilidade. Ele tinha sido pastor numa aldeia e não fazia serviço pesado desde os 14 anos, quando pegou uma doença ruim. Foi assim que aconteceu:

Tarakánitch, o padrasto de Sachka, tinha ido passar o inverno na cidade de Grózni e lá se associou a uma guilda. A guilda teve sucesso, era formada por camponeses de Riazan. Tarakánitch trabalhava para eles como carpinteiro e ganhava bem. Ele não dava conta dos pedidos, e por isso mandou uma carta ao rapaz, chamando-o para ser seu ajudante; de todo modo, durante o inverno a aldeia poderia viver sem Sachka. Sachka trabalhou uma semana com o padrasto. Depois, chegou o sábado, eles caíram na farra e acomodaram-se para tomar chá. Lá fora era outubro, mas o ar estava leve. Eles abriram uma janela e aqueceram o segundo samovar. Debaixo das janelas perambulava uma mendiga. Ela bateu no caixilho e disse:

— Bom dia, camponeses forasteiros! Vejam minha situação.

— Que situação? — replicou Tarakánitch. — Entre, aleijada.

A mendiga permaneceu mais um pouco lá fora e depois entrou no cômodo. Aproximou-se da mesa, fazendo uma profunda mesura. Tarakánitch agarrou-a pelo lenço da cabeça, jogou o lenço no chão e passou a mão nos cabelos dela. A mendiga tinha os cabelos grisalhos, esbranquiçados, em madeixas empoeiradas.

— Arre! Que camponês atrevido, e até que é bonitão! — disse ela. — Com você é diversão garantida... Mas, por favor, não me despreze por ser velha — cochichou apressadamente, e subiu no banco.

Tarakánitch deitou-se com ela. A mendiga virava a cabeça para o lado e ria.

— Tá chovendo na velha — dizia ela, rindo. — Assim vou render duzentas arrobas por alqueire...

Ao dizer isso, olhou para Sachka, que tomava chá, sentado à mesa, e não levantava os olhos para esse mundo de Deus.

— É o seu menino? — perguntou a Tarakánitch.

— Para ser mais exato — respondeu Tarakánitch —, é meu enteado.

— Olha que meninão! — disse a mulher. — E como me encara. Vamos, venha aqui.

Sachka deitou-se com ela e pegou a doença ruim. Naquele momento, porém, ninguém pensou na doença ruim. Tarakánitch presenteou a mendiga com uns ossos do jantar e uma moeda de prata muito brilhante.

— Limpe-a! Limpe-a com areia, velha beata — disse Tarakánitch. —Vai ficar ainda mais brilhante. Se numa noite escura você emprestar a moedinha a Deus Nosso Senhor, ela vai brilhar no lugar da lua...

A aleijada deu um nó no lenço, recolheu os ossos e foi embora. E dali a duas semanas tudo se tornou claro para os dois mujiques.

Eles sofreram muito devido à doença ruim, aguentaram o inverno inteiro tratando-se com ervas. Na primavera, voltaram à aldeia, a seu trabalho no campo.

A aldeia ficava a nove verstas da estrada de ferro. Tarakánitch e Sachka tomaram o caminho dos campos. A terra jazia na umidade do mês de abril. Esmeraldas brilhavam nos fossos escuros. Uma vegetação verde pespontava a terra com bordados caprichosos. E da terra subia um odor azedo, como da mulher de um soldado ao amanhecer. Os primeiros rebanhos desciam os morros e potros brincavam nos espaços azuis do horizonte.

Tarakánitch e Sachka passaram por atalhos que mal se viam.

— Tarakánitch, deixe-me ir para a comunidade dos pastores — falou Sachka.

— Que história é essa?

— É que eu não aguento ver a vida maravilhosa que eles levam.

— Pois eu não permito — falou Tarakánitch.

— Deixe que eu vá, em nome de Deus, Tarakánitch — repetiu Sachka. — Todos os santos foram pastores.

— São Sachka — pôs-se a gargalhar o padrasto —, aquele que pegou sífilis de Nossa Senhora.

Eles ultrapassaram a curva da ponte Vermelha, atravessaram a mata, o pasto, e à vista deles surgiu a cruz da igreja da aldeia.

As mulheres ainda trabalhavam nas hortas, mas os cossacos, espalhados entre os lilases, tomavam vodca e cantavam. Ainda faltava meia versta até a isbá de Tarakánitch.

— Queira Deus que tudo esteja bem — disse ele, fazendo o sinal da cruz.

Chegaram à isbá e olharam pela janela. Lá dentro não havia ninguém. A mãe de Sachka estava ordenhando a vaca no estábulo. Os dois se aproximaram em silêncio. Tarakánitch explodiu numa risada e gritou às costas da mulher:

— Mótia, Vossa Alteza, prepare o jantar dos hóspedes...

A camponesa voltou-se, estremeceu e saiu do estábulo, estabanada, correndo até o pátio. Depois voltou aonde estava, atirou-se ao peito de Tarakánitch, numa convulsão.

— Como você é feia e repelente! — disse Tarakánitch, afastando-a para o lado carinhosamente. — Deixe ver as crianças...

— As crianças saíram — disse a mulher, lívida, e correu de novo até o pátio, caindo no chão. — Ai, Alióchenka — gritou ela, desvairada —, nossas crianças saíram com os pés para a frente...

Tarakánitch abanou a mão e foi à casa dos vizinhos. Eles contaram-lhe que o menino e a menina tinham sido levados por Deus na semana anterior, por causa do tifo. Mótia escrevera para ele, mas bem se via que a carta não tinha chegado a tempo. Tarakánitch voltou à isbá. A mulher acendia o fogão.

— Mótia, você deu cabo de tudo — disse Tarakánitch. — Você merece ser esquartejada.

Sentou-se à mesa, triste, e continuou assim até o sono chegar, comeu carne, bebeu vodca e não foi andar pela propriedade. Roncava à mesa, acordava e punha-se de novo a roncar. Mótia fez a cama para ela e o marido, e uma para Sachka, ao lado. Apagou a lâmpada e deitou-se com o marido. Sachka, no seu canto, revirava-se na palha, mantendo os olhos abertos. Ele não dormia e, como se fosse em sonho, via através da janela a isbá e uma estrela; e debaixo da cama da mãe a beira da mesa e a canga do cavalo. Foi vencido por uma violenta visão, abandonou-se a suas fantasias e alegrou-se durante o sonho de olhos abertos. Parecia-lhe que do céu pendiam dois cordões de prata trançados com fio grosso, e, preso a eles, um berço, um berço de madeira cor-de-rosa, com ramagens. O berço balançava alto, sobre a terra e longe do céu, e os cordões de prata moviam-se e brilhavam. Sachka estava dentro do berço e o ar o acariciava. O ar, sonoro como uma música, vinha dos campos, e o arco-íris florescia sobre o trigo ainda verde.

Sachka deleitava-se em seu sonho de olhos abertos e fechava os olhos para não ver a canga debaixo da cama da mãe. Depois, escutou um som de respiração ofegante na cama de Mótia e pensou que Tarakánitch estivesse comendo sua mãe.

— Tarakánitch — falou em voz alta —, tenho uma coisa importante para tratar com você.

— Que coisa? De noite? — respondeu Tarakánitch com voz irada. — Dorme, seu imprestável...

— Pois eu juro que tenho uma coisa importante para tratar com você. Venha para o pátio.

E lá fora, sob as estrelas imorredouras, Sachka disse ao padrasto:

— Não moleste minha mãe, Tarakánitch. Você está contaminado.

— Você conhece o meu caráter, não é? — perguntou-lhe Tarakánitch.

— Eu conheço o seu caráter. Mas você viu a minha mãe, viu o corpo dela, como é? Tem as pernas limpas e o peito também. Não faça mal a ela, Tarakánitch! Nós estamos empesteados!

— Querido rapaz — respondeu o padrasto —, evite o sangue e o meu caráter. Aqui estão vinte copeques, durma a noite inteira para curar a bebedeira.

— Não adianta você me dar uma moeda — murmurou Sachka. — Deixe que eu vá para a comunidade dos pastores...

— Não vou deixar — disse Tarakánitch.

— Deixe-me ser pastor — murmurou Sachka —, senão vou contar à minha mamãe de que jeito nós estamos. Por que ela deveria sofrer, com um corpo como o dela?

Tarakánitch virou-se, entrou no galpão e voltou com um machado.

— Santo — disse ele, em voz baixa —, vamos resolver tudo rapidamente: vou fazer picadinho de você, Sachka...

— Você não vai me matar por uma mulher — disse o rapaz, com uma voz que mal se ouvia, e inclinou-se para o padrasto. — Tenha pena de mim, deixe-me ser pastor...

— Vá para o inferno — disse Tarakánitch, soltando o machado. — Pois vá ser pastor.

E voltou para casa, e dormiu com a mulher.

Naquela mesma manhã, Sachka foi até os cossacos para lhes oferecer seus serviços. E, daquele momento em diante, viveu como pastor. Tornou-se famoso nas redondezas pela simplicidade. A gente da aldeia deu-lhe o apelido de Cristo, e ele continuou a pastorear até ser convocado para o exército. Era procurado pelos mujiques mais velhos, os mais simples, que soltavam a língua, e as mulheres o procuravam para lhe contar os hábitos insensatos dos mujiques, que por causa da sua bondade e da doença, nunca se zangavam com Sachka. Mas ele chegou à idade de servir ao exército exatamente no primeiro ano da guerra. Permaneceu quatro anos lá e voltou quando os Brancos dominavam a aldeia. Sachka foi obrigado a partir para unir-se ao destacamento contra os Brancos, que se formou junto ao acampamento de cossacos de Platóvskaia. O ex-primeiro-sargento de cavalaria Simeon Mikháilovitch Budiónni tinha o comando daquele destacamento e levava consigo os três irmãos: Emelian, Lukian e Denis. Sachka chegou a Platóvskaia e ali foi decidida a sua sorte. Ele passou a fazer parte do regimento de Budiónni, de sua brigada, de sua divisão, no Primeiro Exército de Cavalaria. Tomou parte na libertação da heroica cidade de Tsarítsyn, juntou-se ao Décimo Exército de Vorochílov, combateu nas cidades de Vorónij e Kastórnaia e na ponte do General, sobre o rio Doniets. Durante a campanha da Polônia, Sachka passou a ser condutor de telega, porque tinha sido ferido e considerado inválido.

Foi assim que todas essas coisas aconteceram. Há pouco tempo conheci Sachka, o Cristo, e transferi minha bagagem para a telega dele. Mais de uma vez esperamos juntos o amanhecer, e mais de uma vez acompanhamos o pôr do sol. E quando o caprichoso querer da luta voltava a nos reunir, sentávamo-nos à tarde na *zaválinka* reluzente, ou fazíamos chá na floresta, numa chaleira fuliginosa, ou nos deitávamos para dormir, um ao lado do outro, sobre os campos recém-ceifados, com os cavalos famintos amarrados a nossas pernas.

Biografia de Matviéi Rodiónytch Pávlitchenko

Conterrâneos, camaradas, meus irmãos de sangue! Tomem conhecimento, em nome da humanidade, da biografia do general Vermelho Matviéi Pávlitchenko. Ele foi pastor, o general, pastor na fazenda de Lídino, a serviço do senhor Nikítinski, e apascentava os porcos do patrão, até que a vida o presenteou com uma divisa em suas dragonas,* e com essa distinção Matiúchka passou a cuidar do gado bovino. E, quem sabe, se tivesse nascido na Austrália, nosso Matviéi, filho de Rodion, então, meus amigos, talvez ele tivesse criado até elefantes, pois Matiúchka teria dado de comer aos elefantes no pasto, mas não tenho culpa se ninguém sabe onde elefantes poderiam ser encontrados na nossa província de Stavrópol. Nada maior que um búfalo, digo isso abertamente, se encontra em nosso frondoso distrito de Stavrópol. E de um búfalo um pobre-diabo não pode tirar satisfação alguma: o homem russo não se diverte com os búfalos; a nós, pobres órfãos, deem um cavalo até o dia do juízo, até que a alma se lhe escape pelos flancos...

Aqui estou eu, então, apascentando meu rebanho. As vacas rodeiam-me de todo lado, o leite penetrou-me até os ossos, eu cheiro feito um úbere aberto e os touros andam à minha volta, para não perder o costume: jovens touros de pelame cinzento, de rato. A liberdade se abate em círculos pelos campos, o capim crepita por todos os lados, os céus se abrem sobre mim como uma sanfona de muitos baixos, e os céus, meus irmãos, na nossa província de Stavrópol, são sempre bem azuis. E assim, eu estou levando meu gado para o pasto e, sem ter nada mais para fazer, vou tocando minha gaita a favor dos ventos, quando de repente um velho vem falar comigo:

— Matviéi — diz —, vá ver a Nástia.

— Para quê? — digo eu. — Você por acaso está querendo zombar de mim, velho?

— Vá — diz ele —, ela quer.

Então eu vou.

---

* No original, *nachivka na pogony:* literalmente, "divisa nas dragonas". Pode aludir a uma vergastada no ombro. [N.T.]

— Nástia! — digo, e o sangue me sobe à cabeça. — Nástia, por acaso quer zombar de mim?

Mas ela não ouve minha voz e sai correndo, até suas forças se esgotarem, e eu corro atrás dela até que nos encontramos no pasto, mortos, vermelhos e sem fôlego.

— Matviéi — Nástia me diz —, três domingos atrás, quando começava a temporada da primavera e os pescadores foram para a beira do rio, você também ia com eles, e mantinha a cabeça baixa. Por que você abaixava a cabeça, Matviéi? Algum pensamento apertava seu coração? Responda...

E eu lhe respondo:

— Nástia, não tenho nada a te dizer, minha cabeça não é espingarda, não tem mira nem alça de mira, e meu coração, você o conhece, Nástia: está totalmente vazio, talvez esteja cheio apenas de leite, é terrível o meu cheiro de leite...

E eu vejo que Nástia se solta com essas minhas palavras.

— Sou capaz de jurar pela Cruz — ri, tresloucada, quase se esvaindo, ri às bandeiras despregadas sobre a estepe inteira, como se tocasse um tambor —, sou capaz de jurar que você é bom de lábia com as mocinhas...

E ficamos conversando uma porção de bobagens por mais um pouco, e logo estávamos casados. Eu e Nástia começamos a viver conforme sabíamos e, por sinal, nós sabíamos muito bem. Sentíamos calor a noite inteira, mesmo no inverno. E passávamos a noite inteira nus, esfregando-nos. Vivíamos bem, então, como o diabo gosta, até que um dia o velho torna a aparecer:

— Matviéi — diz —, o patrão vive apalpando a sua mulher, por toda parte. O patrão vai roubá-la de você...

E eu:

— Não — digo eu —, não pode ser. Me dê licença, velho, ou vou matá-lo aqui mesmo.

E o velho, sem dizer mais nada, se mandou, e naquele dia eu fiz, a pé, vinte verstas de chão — andei um bocado naquele dia, a pé, e à noite apareci na fazenda de Lídino, do meu alegre patrão Nikítinski. O velhote estava sentado num cômodo, desfazendo os nós de três selas: uma inglesa, uma da cavalaria dos dragões e uma cossaca; apareci na soleira e, feito uma bardana, fiquei plantado uma hora lá, em pé, sem produzir efeito algum. Mais tarde ele me atirou um olhar.

— O que você quer? — diz ele.
— Quero minhas contas.
—Você tem algo contra mim?
— Nada, só quero minhas contas.

Nisso, ele desviou os olhos de mim, da estrada principal, para o beco, espalhou no chão os xairéis vermelhos, mais vermelhos que as bandeiras do tsar, seus xairéis, e pulou em cima deles, o velho, e pavoneou-se.

— Liberdade para os livres — disse ele, pavoneando-se. — Eu, fique sabendo, bolinei as mães de vocês todos, seus cristãos ortodoxos. Você pode receber sua conta, Matiucha, meu amiguinho, mas será que você também não me deve alguma coisinha?

— He he — respondo —, o senhor é um brincalhão, realmente, Deus me mate, se o senhor não é um brincalhão! O senhor me deve, acho eu, meu salário...

— Salário? — troveja o meu patrão, e joga-me de joelhos e pisoteia-me e puxa minhas orelhas, pelo Pai, o Filho e o Espírito Santo. — Seu salário? Por acaso você se esqueceu da canga? No ano passado você destruiu a canga dos bois. Onde foi parar a minha canga?

—Vou devolver a canga para o senhor — respondo a meu patrão, levantando para ele meus olhos brancos, já que estou ajoelhado diante dele, mais rebaixado que qualquer baixeza terrena. — Devolverei sua canga, mas não me estrangule com as dívidas, velho, espere só um pouco...

Então assim vocês, rapaziada de Stavrópol, meus conterrâneos, camaradas, meus irmãos de sangue, vocês devem saber que o patrão me prendeu durante cinco anos por causa de minhas dívidas. Cinco anos eu perdi, até que um dia chega para este perdedor o ano de 1918. Chega montado em alegres cavalos, cavalos de Kabardin, e traz consigo um grande comboio e uma porção de canções. Oh, meu ano de 18, meu amor! Por acaso, não poderemos festejar juntos só mais uma vez, oh, pedaço de mim, oh, meu ano de 18... Cantamos todas as suas canções, bebemos todo o seu vinho, proclamamos a sua verdade, e de você só nos restaram os escrivães. Oh, meu amor! Mas não eram os escrevinhadores, naqueles dias, que voavam por todo o Kuban e a um passo de distância faziam a alma dos generais explodir no ar. Matviéi Rodiónytch jazia então numa poça de sangue, perto da cidade de Prikumsk, e só lhe restavam cinco verstas da última etapa para alcançar a fazenda de Lídino. E eu lá cheguei sozinho, a cavalo, sem destacamento, e entrei na sala pacificamente. As autoridades da terra estavam sentadas lá, na sala, Nikítinski servia o chá tentando agradar os convidados; quando me viu, porém, mudou de expressão, e, diante dele, tirei meu gorro do Kuban.

— Bom dia — eu disse aos presentes —, bom dia. Por favor, senhor, receba esse hóspede. Senão, como é que vai ficar?

— Em boa paz e honradamente — responde-me um homem que, pelo jeito de falar, parecia um agrimensor. — Em boa paz e honradamente. Mas você, camarada Pávlitchenko, parece que chega a cavalo de muito longe. Seu rosto está todo sujo de lama. E para nós, autoridades locais, um rosto assim é de assustar. Por que está assim?

— Porque os senhores — respondo eu — são autoridades locais sem sangue nas veias; porque tenho em meu rosto uma face que há cinco anos me queima: queimava na trincheira, queimava com as mulheres e vai continuar queimando até o Juízo Final. Até o Juízo Final — digo, e olho para Nikítinski como se eu estivesse alegre, mas ele já não tem mais olhos. Apenas duas bolas no meio da cara, como se tivessem sido enfiadas debaixo da testa, naquela posição, e ele olha para mim com essas duas bolas de cristal, também como se estivesse alegre, mas de dar medo.

— Matiucha — ele me diz —, parece-me que nos conhecemos há muito tempo, e que minha mulher, Nadiejda Vassílievna, que se encontra privada de juízo por aquilo que aconteceu nos últimos tempos, sempre foi boa com você, e você, Matiucha, tinha por ela, Nadiejda Vassilievna, mais respeito do que os outros. Por acaso não gostaria de vê-la, agora que perdeu a luz da razão?

— Pode ser — disse eu, e passamos juntos para o outro quarto, e ali ele tocou as minhas mãos: primeiro a mão direita, depois a mão esquerda.

— Matiucha — diz ele —, você é ou não é o meu destino?

— Não! — digo. — E chega de conversa. Nós, os servos, fomos abandonados por Deus. Nosso destino é o destino de um cão, nossa vida não vale um tostão. Chega de conversa e ouça, se quiser, a carta de Lênin...

— Uma carta para mim, para Nikítinski?

— Para você — digo. E tiro do bolso o livro das instruções, abro em uma página em branco e leio, embora analfabeto desde o fundo de minha alma. — "Em nome do povo" — leio — "e em vista da instituição de uma vida futura melhor, ordeno a Matviéi Rodiónytch Pávlitchenko que tire a vida de certas pessoas, de acordo com o seu critério..." Aqui está — digo eu — a carta de Lênin para você...

E ele, para mim:

— Não! Não — ele diz —, Matiucha, embora nossa vida vá a caminho do inferno e no Império Apostólico Russo o sangue ande bem barato, você sempre haverá de ter o sangue que lhe é devido, e esquecerá facilmente meus olhos moribundos: não seria melhor que eu lhe mostrasse um certo esconderijo?

— Mostre-me — digo eu. — Quem sabe não é melhor?

E nós passamos de novo pelo quarto e descemos até a adega. No porão, ele tirou um tijolo da parede e pegou uma caixinha no buraco, atrás do tijolo. Havia anéis na caixa, colares, condecorações e ícones incrustados de pérolas. Ele jogou-me a caixa e ficou lá, enrijecido.

— É teu — diz. — Pega o que Nikítinski tem de mais sagrado e vá embora, Matviéi, para o seu covil em Prikumsk.

Mas eu o agarrei pelo corpo, pela garganta, pelos cabelos.

— E o que eu faço com meu rosto? — digo. — Como é que eu vou viver com esse rosto, meus irmãos?

Então, ele desatou a rir bem alto, sem tentar se esquivar.

— Consciência de chacal — disse ele, sem se debater. — Falo com você como se fala a um oficial do Império Russo, mas vocês, seus broncos, mamaram de uma loba... Atire em mim, filho da puta...

Mas eu não quis atirar nele, não lhe devia nenhum tiro; apenas o arrastei escada acima, até a sala. Na sala estava Nadiejda Vassílievna, completamente louca; andava pela sala com um sabre desembainhado e olhava para o espelho. Quando empurrei Nikíntiski para cima, Nadiejda Vassílievna correu para uma poltrona, coroada de veludo e penas, sentou-se com desenvoltura e cumprimentou-me com o sabre. E então comecei a pisotear meu patrão, Nikítinski. Pisoteei-o durante uma hora ou mais, e naquele momento eu conheci a vida até o fundo. Um tiro, digo eu, só serve para dar cabo de um homem: um tiro é um ato de misericórdia para com ele, e para você é uma facilidade asquerosa; com um tiro você jamais atinge a alma, o lugar em que ela está no homem e como se manifesta. Mas eu às vezes não tenho pena de mim e, se for o caso, piso no inimigo por uma hora ou mais, tenho o desejo de conhecer a vida, como ela é para nós...

O cemitério de Kózin

O cemitério de um povoado judaico. A Assíria e a misteriosa decomposição do Oriente nos campos da Volýnia, cobertos de ervas daninhas.

Pedras cinzentas e torneadas, com inscrições de trezentos anos. A rude estampa dos altos-relevos talhados no granito. Figuras de ovelhas e peixes sobre uma cabeça humana morta. Efígies de rabinos com gorros de pele. Rabinos de quadris estreitos cingidos por cintos de couro. Sob rostos sem olhos, a linha de pedra ondulante das barbas encaracoladas. Ao lado, embaixo de um carvalho atingido por um raio, fica a cripta do rabino Azrael, trucidado pelos cossacos de Bogdan Khmelnítski. Quatro gerações jazem nesse túmulo, mísero como a casa de um carregador de água, e as lápides, as lápides esverdeadas, cantam os mortos numa prece de beduíno:

Azrael, filho de Ananias, voz de Jeová.

Iliá, filho de Azrael, mente que combateu corpo a corpo o esquecimento.

Wolf, filho de Iliá, príncipe arrebatado à Torá em sua décima nona primavera.

Judá, filho de Wolf, rabino de Cracóvia e Praga.

Ó morte! Ó insaciável! Ó ladra voraz! Por que não tiveste compaixão de nós sequer uma vez?

Prichtchepa

Estou a caminho de Lechiniuv, onde está aquartelado o Estado-Maior da Divisão. Meu companheiro de viagem continua sendo Prichtchepa, um rapaz do Kuban, infatigável brutamontes, expulso do Partido Comunista, futuro vendedor de ferro-velho, sifilítico despreocupado e fanfarrão sossegado. Veste um blusão circassiano de tecido fino cor de framboesa e um capuz de penas atirado às costas. Pelo caminho, ele vai contando sua história...

Um ano antes, Prichtchepa tinha fugido dos Brancos. Por vingança, os pais dele foram feitos reféns e mortos na seção de contraespionagem. Os vizinhos roubaram seus bens. Quando os Brancos foram expulsos do Kuban, Prichtchepa voltou a sua aldeia natal.

Amanhecia, e ao nascer do sol o sono dos mujiques ressonava num mormaço sufocante. Prichtchepa alugou uma telega do Estado e deu a volta pela aldeia para recolher seu gramofone, os jarros para o *kvas* e as toalhas bordadas por sua mãe. Ele tinha saído à rua com sua *burka* preta e um sabre curvo na cintura. A telega sacolejava atrás dele. Prichtchepa ia de casa em casa, e as pegadas sangrentas de suas solas se arrastavam atrás dele. Nas *khatas* onde o cossaco encontrava objetos de sua mãe ou um dos tubos do cachimbo do pai, ele deixava velhas apunhaladas, cachorros enforcados sobre os poços e ícones emporcalhados de excrementos. Os aldeões, fumando cachimbo, acompanhavam seu itinerário. Os cossacos jovens haviam se espalhado na estepe, fora da aldeia, e faziam a contagem. A conta engrossava e a aldeia se calava. Quando terminou, Prichtchepa voltou à casa paterna saqueada. Arrumou os móveis quebrados na ordem em que desde a infância ficaram em sua memória e mandou que trouxessem vodca. Fechado na *khata,* bebeu por dois dias a fio: cantava, soluçava e riscava as mesas com o sabre.

Na terceira noite, a aldeia avistou fumaça sobre a isbá de Prichtchepa. Chamuscado, esfarrapado, cambaleante, o cossaco tirou a vaca do estábulo, enfiou-lhe o revólver na boca e matou-a com um tiro. A terra fumegava a seus pés, e um anel de chama azulada ergueu-se da chaminé e dissipou-se; no estábulo o bezerro abandonado soluçava. O incêndio brilhava como um domingo. Prichtchepa desamarrou seu cavalo, saltou na sela, atirou um punhado do cabelo no fogo e desapareceu.

História de um cavalo

Um dia Savítski, nosso *comdiv*, pegou o corcel branco de Khlébnikov, comandante do primeiro esquadrão. Tratava-se de um cavalo de aspecto corpulento, mas de formas suaves, que então me pareciam sinal de um corpo pesado. Em troca Khlébnikov recebeu uma eguinha preta, boa de raça e de trote. Porém ele tratava mal a eguinha preta, sentia-se ávido por vingança e esperava a sua hora. Até que por fim ela chegou.

Depois dos insucessos militares de julho, quando Savítski foi rebaixado e a retaguarda do comando passada para a reserva, Khlébnikov escreveu ao comando do exército um requerimento para a restituição de seu cavalo. O chefe do Estado-Maior acrescentou embaixo do pedido a seguinte resolução: "Devolver ao primeiro dono o cavalo em questão", e Khlébnikov, feliz da vida, percorreu cem verstas para se encontrar com Savítski, que vivia então em Radziwillov, uma pequena cidade maltratada que parecia uma manta em farrapos. O *comdiv* destituído vivia lá sozinho, e os bajuladores do Estado-Maior não o conheciam mais. Os bajuladores do Estado-Maior pescavam frangos assados nos sorrisos do comandante do exército e, como se fossem os servos da gleba, mantinham-se longe do glorioso *comdiv*.

Impregnado de perfumes e parecendo Pedro, o Grande, ele tinha caído em desgraça. Vivia com a cossaca Pavla, que fora roubada de um intendente judeu, e com vinte cavalos puro-sangue, considerados por nós todos como propriedade dele. No pátio, o sol brilhava com toda a sua força e castigava com o fulgor ofuscante de seus raios, os potrinhos mamavam furiosamente nas éguas, e os tratadores, com as costas molhadas, joeiravam a aveia em tararas descoloridas. Khlébnikov, tocado pela justiça e impelido pela vingança, rumou, sem hesitar, para o pátio cercado de barricadas.

— O senhor conhece a minha pessoa? — perguntou a Savítski, que estava deitado no feno.

— Eu vi você em algum lugar — respondeu Savítski, e bocejou.

— Então queira acolher esta decisão do Estado-Maior — disse Khlébnikov, com firmeza. — Peço-lhe, companheiro da reserva, que me encare com olhar oficial...

— Pode ser — murmurou Savítski, em tom conciliador. Pegou o papel e começou a lê-lo com lentidão exasperante. Depois, repentinamente, chamou a cossaca que estava penteando os cabelos no frio, à sombra de um toldo. — Pavla! — chamou ele. — A manhã inteira com este pente na mão, que Deus seja louvado... Que tal preparar um samovar?

A cossaca guardou o pente, juntou os cabelos com as mãos e atirou-os nas costas.

— Hoje, Konstantin Vassílievitch — disse ela, com um sorriso preguiçoso e autoritário —, nos espezinhamos o dia inteiro. Ora precisa disso, ora daquilo...

E, com suas botas de cano alto, ela dirigiu-se ao *comdiv*, os seios tremulantes como um animal preso num saco.

— Nós nos espezinhamos o dia inteiro — repetiu a mulher, radiante, e abotoou a camisa do *comdiv* no peito.

— Ora preciso disso, ora daquilo — pôs-se a rir o *comdiv*, levantando-se; abraçou as costas oferecidas de Pavla e virou seu rosto mortalmente pálido para Khlébnikov.

— Eu ainda estou vivo, Khlébnikov — disse, apertando contra si a cossaca. — Minhas pernas ainda andam, meus cavalos ainda trotam, minhas mãos ainda te alcançam, e minha arma está quente, aqui, colada no meu corpo...

Tirou o revólver que guardava junto ao ventre e adiantou-se para o comandante do primeiro esquadrão.

Ele girou sobre os tacões, com um gemido das esporas, e saiu como um mensageiro que tivesse recebido uma mensagem; percorreu de novo cem verstas para encontrar o chefe do Estado-Maior, que, todavia, mandou que saísse.

— Sua petição, comandante, já foi atendida — disse o chefe do Estado-Maior. — Já devolvi seu cavalo e tenho muito em que pensar além de seus problemas...

Não quis ouvir Khlébnikov e acabou por reintegrar ao primeiro esquadrão o comandante fugitivo. Khlébnikov se ausentara uma semana inteira. Nesse meio-tempo, conduziram-nos até o acampamento nas matas de Dubnó. Lá, armamos as barracas e vivíamos bem. Khlébnikov voltou, lembro-me, num domingo de manhã, no dia 12. Pediu-me papel, mais de uma mão, e tinta. Os cossacos aplainaram um tronco, ele pôs o revólver e o papel no cepo e escreveu até o anoitecer, enchendo de garranchos uma boa quantidade de folhas.

— É o próprio Karl Marx — disse-lhe, à noitinha, o comissário do esquadrão. — Que diabos você está escrevendo?

— Pensamentos, ideias, de acordo com meu juramento — respondeu Khlébnikov, e apresentou ao comissário sua carta de demissão do Partido Comunista dos bolcheviques.

O Partido Comunista, dizia a declaração, foi fundado, suponho, para dar alegria e justiça sólida e ilimitada, e deve saber olhar também pelos pequenos. Agora eu me refiro ao corcel branco, de aspecto doente, que tirei de camponeses contrarrevolucionários, e muitos companheiros não paravam de zombar do aspecto dele. Mas eu tive a força de suportar o riso cortante e, apertando os dentes pela causa comum, levei o corcel até a mudança desejada, porque sou, camaradas, um grande apaixonado por cavalos brancos, e dediquei a eles todas as poucas forças que me sobraram depois das guerras, a imperialista e a civil, e esses corcéis sentem a minha mão assim como posso sentir suas mudas necessidades e o que é preciso para eles, mas a égua preta não se adapta e não me satisfaz, não posso senti-la nem suportá-la, o que todos os camaradas podem confirmar, e assim é provável que mais cedo ou mais tarde as coisas corram mal. E eis que o Partido não pode me devolver, de acordo com a resolução, aquilo que pertence a meu sangue, de modo que eu só tenho uma saída: escrever esta declaração entre lágrimas, que não ficam bem num soldado, mas que jorram sem interrupção e cortam o coração, cortam o coração até sangrar...

Isso e muitas outras coisas mais estavam escritas na declaração de Khlébnikov. Ele tinha escrito o dia inteiro, era extremamente longa. Eu e o comissário do esquadrão quebramos a cabeça para lê-la durante mais de uma hora, e finalmente conseguimos decifrá-la até o fim.

— Veja só que idiota — disse o comissário, rasgando a carta em pedaços. — Venha, venha me ver depois do jantar. Vamos ter uma conversa.

— Não preciso conversar com você — respondeu Khlébnikov, tremendo. — Você acabou de me perder, comissário.

Ele estava em posição de sentido, com as mãos esticadas sobre a costura das calças. Tremia sem sair do lugar e olhava para os lados como se estivesse decidindo para onde correr. O comissário do esquadrão aproximou-se, mas nem chegou a pôr os olhos nele. Khlébnikov escapou e correu com todas as suas forças.

— Você acabou de me perder! — gritou Khlébnikov, desvairado, e, arrastando-se pelo tronco, começou a rasgar a jaqueta e a arranhar o peito.

— Mate-me, Savítski! — gritou ele, caindo ao chão. — Mate-me de uma vez!

Nós o arrastamos até a barraca com a ajuda dos cossacos. Preparamos chá e enrolamos cigarros para ele. Ele fumava e tremia. Apenas ao anoitecer nosso comandante pareceu se acalmar. Não disse mais uma palavra quanto à sua tresloucada declaração, mas dali a uma semana foi para Rovno, marcou uma consulta com a comissão médica e foi reformado como inválido, pelos seis ferimentos que tinha.

Foi assim que acabamos perdendo Khlébnikov. Senti muito por isso, porque Khlébnikov era um homem tranquilo, que tinha um gênio parecido com o meu. Era o único, em todo o esquadrão, a possuir um samovar. Nos dias de calma, nós dois tomávamos juntos o chá fervente. Éramos sacudidos pelas mesmas paixões. Ambos víamos o mundo como um prado em maio, um prado percorrido por mulheres e cavalos.

Kónkin

Estávamos fazendo picadinho da *szlachta* para além de Biélaia Tsérkov. Nós a triturávamos e fazíamos um serviço tão bom que até as árvores se curvavam. Eu tinha recebido um arranhão pela manhã, mas dava um jeito de ir em frente, como podia. O dia, eu me lembro, já caminhava rumo à tarde. Eu tinha perdido contato com o *combrig*, e um proletariado de cinco cossacos no total seguia meus passos. À nossa volta, matam-se abraçados, como os popes e suas mulheres; meu sangue goteja aos poucos e o do meu cavalo jorra do peito... Numa palavra — bem, já são duas.

Eu e Spirka Zabúty, que havíamos nos afastado para não muito longe da mata, olhamos: sim, o cálculo não está errado... Trezentas braças adiante, não mais, há uma grande nuvem de poeira, talvez de um comboio, talvez do Estado-Maior. Se for o Estado-Maior, muito bem; se for o comboio, melhor ainda. Os uniformes dos nossos rapazes estão todos em farrapos, suas camisas em tal estado que deixam à mostra a masculinidade deles.

— Zabúty — digo a Spirka —, filho disso, filho daquilo, e assim por diante, dou-lhe a palavra, como orador inscrito: pois aquele que está passando lá embaixo é o Estado-Maior deles, em retirada...

— Pode apostar que é o Estado-Maior — responde Spirka —, só que nós somos dois, e eles, oito...

— Respire fundo, Spirka — digo eu. — Seja como for, vou emporcalhar suas batinas... Morreremos por um pepino em conserva e pela revolução mundial...

Assim, descemos. Eram oito sabres. Pegamos dois deles na raiz, com os fuzis. Vejo Spirka mandar o terceiro ao Estado-Maior de Dukhónin — buscar sua certidão de óbito. Faço mira no mandachuva. Rapazes: um mandachuva escarlate, com corrente e relógio de ouro. Deixei-o encurralado numa granja cheia de macieiras e cerejeiras. O cavalo do mandachuva é gordo como a filha de um comerciante — mas empina. O *pan* general solta as rédeas, mira com a sua Mauser e faz um buraco na minha perna.

"Pois é, meu bem", penso, "você será meu. De pernas escancaradas..." Encosto as rodas e meto duas balas no cavalo dele. Fiquei com pena do corcel. Era um corcel bolchevique, um puro-sangue bolchevique, acobreado como uma moeda; o rabo, um projétil; os jarretes, cordas. Pensei em levá-lo vivo para Lênin, mas, infelizmente, não deu: eu já tinha liquidado o cavalo. Desabou como uma recém-casada, e o mandachuva foi arrancado da sela. Descambou para um lado, virou-se de novo e abriu-me outro talho. Quer dizer que tenho em minha conta três marcas por feitos contra o inimigo.

"Jesus", penso eu, "e se ele me matar por acidente..."

Então, galopo para cima dele, mas ele já desembainhou o sabre, e por suas faces correm lágrimas: lágrimas brancas, o leite humano.

— Você vai me dar a ordem da Bandeira Vermelha! — grito. — Entregue-se, Excelência, enquanto estou vivo!

— Não posso, *pan* — responde o velho —, mate-me...

Eis que me aparece Spiridon pela frente, como uma folha no capim. O rosto dele, um sabão, os olhos grudados no focinho por uma linha.

— Vássia* — grita ele —, é uma beleza saber quantos homens eu eliminei. Mas o seu é realmente um general, cheio de bordados, me dá vontade de acabar com ele.

— Vá para o turco — digo eu a Zabúty, perdendo a calma. — Os bordados dele custam o meu sangue.

E com minha égua eu empurrei o general até um celeiro ou algo semelhante. Reinava ali silêncio, penumbra, frescor.

— *Pan* — digo eu —, fique em paz com sua velhice, entregue-se, pelo amor de Deus, assim nós descansaremos os dois, *pan*...

Encostado ao muro, ele respira a plenos pulmões e esfrega a testa com o dedo vermelho.

— Não posso — diz —, mate-me, só entregarei meu sabre a Budiónni...

Ele quer Budiónni! Que desgraça! Já estou vendo que o velho está perdido.

— *Pan* — grito, e choro, e aperto os dentes —, palavra de proletário, eu mesmo sou o comandante em chefe aqui. Não procure meus bordados, mas tenho o título. O título está aqui: excêntrico musical e ventríloquo de salão da cidade de Níjni... A cidade de Níjni, sobre o rio Volga...

---

* Vássia, Vaska: referência a Vassíli Kónkin, o narrador do relato. [N.T.]

Então o diabo se apoderou de mim. Os olhos do general piscavam à minha frente feito duas lanternas. Um mar vermelho se abriu diante de meus olhos. A ofensa de ver que o tio não acreditava em mim foi como sal na ferida. Então fechei a boca, rapazes, encolhi a barriga, respirei o ar e ataquei à moda antiga, à nossa moda, à moda dos soldados e dos cidadãos de Níjni, e mostrei à *szlachta* meu talento de ventríloquo.

Diante disso, o velho empalideceu, levou a mão ao peito e sentou-se no chão.

—Você acredita agora em Vaska, o excêntrico, comissário da invencível Terceira Brigada de Cavalaria?

— Comissário? — grita ele.

— Comissário — digo eu.

— Comunista? — grita ele.

— Comunista — digo eu.

— Na minha hora derradeira — grita ele —, no último suspiro, diga-me, amigo cossaco, você é comunista ou está mentindo?

— Sou comunista — digo eu.

Então o tio senta-se no chão, beija uma espécie de talismã, parte em dois o sabre e acende duas luminárias nos olhos, dois faróis na escuridão da estepe.

— Perdoe-me — diz, dando-me um aperto de mão. — Eu não posso me entregar a um comunista. Perdoe-me. E mate-me como um soldado...

Esta história foi contada, com a graça de sempre, numa parada de descanso, por Kónkin, comissário político da Brigada da Ordem de Cavalaria de N. e três vezes cavaleiro da Ordem da Bandeira Vermelha.

— E então, Vaska, chegou a um acordo com o *pan*?

—Acordo com ele? Ele estava cheio de dignidade.* Supliquei mais de uma vez, mas ele resistiu. Tiramos os documentos dele, todos os documentos que ele tinha, tiramos a Mauser dele, uma sela dessas esquisitas, que ainda está comigo aqui embaixo. Depois, percebo que estou perdendo sangue, sempre mais, e de repente sinto uma sonolência tremenda: minhas botas cheias de sangue, e eu não quis mais saber dele...

— Quer dizer que aliviaram o velho de seus sofrimentos?

— Foi um pecado.

---

* No original, a palavra remete sonoramente a blenorragia. [N.T.]

BERESTIETCHKO

Avançávamos de Khótin para Berestietchko. Os soldados cochilavam no alto de suas selas. A canção gorgolejava como um riacho prestes a secar. Monstruosos cadáveres jaziam espalhados sobre túmulos milenares. Os mujiques, de camisa branca, tiravam o chapéu à nossa passagem. A *burka* do *comdiv* Pávlitchenko adejava sobre o Estado-Maior como um lábaro lúgubre, com o capuz de penas jogado para trás, sobre a *burka,* e o sabre curvo pendendo ao lado.

Passamos pelos túmulos cossacos e pela atalaia de Bogdan Khmelnítski. De trás de uma lápide, surgiu um velho com uma bandurra, cantando com voz infantil a antiga glória dos cossacos. Ouvimos a canção em silêncio, depois desfraldamos as bandeiras e nos arremessamos sobre Berestietchko ao som de uma marcha retumbante. Os habitantes haviam fechado seus postigos, reforçando-os com barras de ferro, e um silêncio, um silêncio todo-poderoso foi entronizado no povoado.

Coube-me um alojamento na casa de uma viúva ruiva, impregnada das dores da viuvez. Lavei-me, pois acabava de chegar de viagem, e saí. Nos postes estavam afixados avisos dizendo que à noite o comissário de divisão Vinográdov iria fazer um discurso sobre o Segundo Congresso do Komintern. Diante de minha janela, alguns cossacos iam fuzilar por espionagem um velho judeu de barba prateada. O velho gritava e se debatia. Então Kúdria, do setor de metralhadoras, agarrou-lhe a cabeça e segurou-a com a axila. O judeu acalmou-se e abriu as pernas. Kúdria tirou o punhal com a mão direita e degolou o velho com cuidado, para não se manchar de sangue. Depois, bateu numa janela fechada.

— Quem quiser, venha apanhá-lo — disse. — Não é proibido...

E os cossacos viraram a esquina. Fui atrás deles e comecei a dar voltas por Berestietchko. Os habitantes, em sua maioria, são judeus, mas na periferia estabeleceram-se alguns russos pequeno-burgueses, curtidores de couro. Vivem decentemente em casinhas brancas com postigos verdes. Em vez de vodca, esses pequeno-burgueses bebem cerveja ou hidromel, cultivam tabaco em suas hortinhas cercadas e fumam longos cachimbos curvos, como os camponeses da Galícia. O fato de haver três raças laboriosas e empreendedoras, uma vivendo próxima da outra, despertou neles todos um obstinado amor pelo trabalho que às vezes é algo inerente ao homem russo, quando ele não está infestado de piolhos, desesperado ou embriagado.

Os antigos hábitos sofreram modificação em Berestietchko, mas aqui ainda eram honrados. Os rebentos, transplantados há três séculos, ainda verdejavam na Volýnia graças ao quente adubo do passado. Os judeus enlaçavam com seus fios de lucro o mujique russo e o *pan* polonês, o colono da Boêmia e as manufaturas de Lodz. Eram contrabandistas, os melhores da fronteira, e quase sempre defensores de sua crença. O hassidismo mantinha numa prisão sufocante aquela supersticiosa população de taberneiros, mascates e corretores. Rapazinhos, em longas túnicas, ainda pisavam o caminho secular em direção ao *kheder* hassídico, e as velhas conduziam, como sempre, as noivas ao *tsadik,* fazendo preces veementes pela fertilidade.

Aqui os judeus vivem em casas espaçosas, caiadas ou pintadas de um azul aguado. A tradicional miséria dessa arquitetura é secular. Atrás da casa, ergue-se um estábulo de dois ou às vezes três andares. Neles, nunca bate sol. Esses estábulos indescritivelmente escuros substituem nossos quintais. Passagens secretas levam aos porões e estábulos. Nos tempos de guerra, salvam-se dos tiros e dos saques nessas catacumbas. Lá, amontoam-se, durante muitos dias, restos humanos e estrume. A desolação e o terror enchem as catacumbas de um cheiro penetrante e do odor ácido dos excrementos.

Berestietchko ainda fede, e até hoje sua gente emana um cheiro de arenque putrefato. O povoado está empesteado, à espera de uma nova era, e nele circulam, em vez de homens, espectros desbotados das calamidades da fronteira. No final do dia, eu já estava farto daquilo, de modo que saí dos limites da cidade, subi o morro e entrei no castelo saqueado dos condes de Ratsibórski, os últimos proprietários de Berestietchko.

A quietude do crepúsculo azulava a grama rente ao castelo. A lua despontou sobre o lago, verde como um lagarto. Eu contemplava da janela a propriedade dos condes de Ratsibórski, pradarias e plantações de lúpulo veladas pelas fitas jaspeadas do entardecer.

Por um tempo viveram nesse castelo uma condessa de noventa anos e seu filho. Ela fazia pouco do filho porque ele não dera herdeiros à linhagem que se extinguia e batia nele, os mujiques me contaram, com o chicote dos cocheiros.

Embaixo, na praça, formava-se um comício. Camponeses, curtidores e judeus das redondezas haviam chegado. Acima deles, acendeu-se a voz entusiasmada de Vinográdov e o tilintar de suas esporas. Ele falava do Segundo Congresso do Komintern, enquanto eu perambulava entre os muros, onde ninfas de olhos arrancados conduziam antigas danças de roda. Depois, num canto do chão, encontrei o fragmento de uma carta amarelada, pisado por inúmeros pés. Estava escrito numa tinta desbotada:

> *Berestietchko, 1820. Paul, mon bien aimé. On dit que l'Empereur Napoléon est mort, est-ce vrai ? Moi je me sens bien, les couches ont été faciles, notre petit héros achève sept semaines...**

Lá embaixo, a voz do comissário de divisão não se cala. Ele tenta apaixonadamente persuadir os pequeno-burgueses perplexos e os judeus saqueados:

—Vocês são o poder. Tudo o que está aqui pertence a vocês. Não há mais senhores. Eu procedo às eleições do comitê revolucionário...

---

* Em francês, no original: "Berestietchko, 1820. Paul, meu amado, dizem que o imperador Napoleão morreu. É verdade? Eu me sinto bem; foi um parto fácil, nosso pequeno herói já tem sete semanas..." [N.T.]

O sal

"Prezado camarada redator. Quero descrever-lhe a falta de consciência das mulheres, que só fazem nos prejudicar. Tenho esperança de que o senhor, ao percorrer os fronts da guerra civil que estiverem sob sua observação, não deixe escapar a contumaz estação de Fástov, que fica no fim do mundo, num reino situado em paragens desconhecidas; eu, naturalmente, lá estive, bebi cerveja de fabricação caseira, que se para molhar o bigode deu, pela garganta não desceu. Sobre a referida estação haveria muito a escrever, mas, como a gente simples costuma dizer no dia a dia, roupa suja se lava em casa. Por isso descreverei apenas o que meus próprios olhos viram.

Uma semana atrás, fazia uma noite linda e calma, nosso emérito trem do Exército de Cavalaria parou ali, carregado de soldados. Ardíamos todos de vontade de servir à causa comum e nos dirigíamos a Berdítchev. Mas tão logo percebemos que nosso trem não partia — o nosso Gavrilka parecia não querer nada com a manivela —, os soldados começaram a ter dúvidas, conversando entre si: a troco de que esta parada? E realmente, essa parada saiu cara para a causa comum, porque os muambeiros, esses inimigos terríveis, entre os quais também se encontrava um contingente fabuloso do sexo frágil, agiam descaradamente em relação à autoridade ferroviária. Sem medo, os tais inimigos terríveis agarravam-se aos corrimãos, trotavam pelos tetos metálicos, saracoteavam, perturbavam, e na mão de cada um aparecia o sobejamente conhecido sal, que chegava a mais de cinco arrobas por saco. Mas o triunfo do capital dos muambeiros não durou muito. A iniciativa dos combatentes, que tinham descido dos vagões, permitiu às autoridades ferroviárias antes desacatadas respirar a plenos pulmões. Somente o sexo frágil permaneceu nos arredores com seus sacos. Por compaixão, os soldados instalaram algumas mulheres nos vagões de carga e outras não. Foi assim que no vagão do segundo pelotão, onde estávamos, vieram parar duas moças e, soado o primeiro toque da campainha,* uma mulher de boa aparência se aproxima com uma criança e diz:

---

* Nas estações russas, três toques de campainha anunciam a partida do trem. [N.T.]

— Deixem-me subir, meus bons cossacos. Durante toda a guerra ando penando de estação em estação, com uma criança de peito no colo, e agora quero encontrar meu marido, mas por culpa da estrada de ferro não se pode ir a parte alguma. Vocês me dariam este direito, meus queridos?

— A bem da verdade, dona — digo a ela —, seu destino depende da decisão que o pelotão tomar. — E, dirigindo-me aos soldados, expliquei que a mulher de boa aparência pedia permissão para ir ter com o marido, lá onde ele se encontrava, e que de fato levava uma criança junto com ela; qual seria a decisão de todos: deixá-la subir ou não?

— Deixa ela subir — gritou a turma —, depois de nós, ela não vai mais querer saber do marido...

— Não — digo à turma, com toda a gentileza —, tiro o chapéu para vocês, mas muito me admira ouvir tamanha safadeza deste pelotão. Soldados, lembrem-se das suas vidas, que vocês também foram crianças no colo de sua mãe; diante disso, não fica bem falar assim...

E os cossacos, depois de comentarem entre si como Balmachov tinha sido persuasivo, começaram a içar a mulher para o vagão, e ela subiu, toda agradecimentos. E eles, inflamados com o meu arrazoado, apertaram-se para que ela se sentasse, todos falando ao mesmo tempo:

— Senta aí no canto, dona, e cuida do seu bebê com carinho, como toda mãe. Ninguém vai bulir com você, e você vai encontrar seu marido são e salvo, como é do seu desejo. E contamos com a sua consciência para criar quem nos substitua, pois o velho envelhece, e a meninada, pelo visto, é pouca. Temos visto muita desgraça, dona, e a fome nos mata, tanto no dia a dia como nas emergências, o frio queima. Mas senta aí, dona, fica sossegada...

No terceiro sinal, o trem pôs-se em movimento. A noitinha agradável estendeu-se como uma tenda. Nessa tenda, brilhavam estrelas-lamparinas. E os soldados lembravam a noite do Kuban, a estrela verde do Kuban. O pensamento voava feito passarinho. E as rodas matraqueavam, matraqueavam...

Passou um tempo, a noite foi rendida em seu posto e os tamborileiros Vermelhos começaram a tocar a alvorada em seus tambores vermelhos; então os cossacos se aproximaram de mim, vendo que permanecia ali sentado, sem pregar o olho, e terrivelmente aborrecido.

— Balmachov — dizem os cossacos —, por que está assim tão chateado, que nem dorme?

— Meus respeitos, soldados, me perdoem, mas permitam que eu troque duas palavrinhas com esta cidadã...

E, tremendo dos pés à cabeça, levantei-me da minha tarimba, da qual o sono tinha fugido como um lobo que foge de uma matilha de cães assassinos. Eu me aproximo da mulher, tiro a criança do colo, rasgo seus cueiros e trapos, e no meio dos panos dou com uma boa arroba de sal.

—Vejam só, camaradas, que criança interessante, que não pede para mamar, não molha a fralda nem atrapalha o sono de ninguém...

— Peço desculpas, meus queridos cossacos — a mulher se intrometeu em nossa conversa, com o maior sangue-frio —, não fui eu quem os enganou, e sim a dificuldade em que vivo...

— Balmachov desculpa a sua dificuldade — respondo à mulher. — Não custa nada para Balmachov, Balmachov vende pelo mesmo preço que compra. Mas pense nos cossacos, dona, que te exaltaram como uma mãe trabalhadora da República. Pense nestas duas moças que estão chorando agora pelo que lhes fizemos sofrer na noite passada. Pense nas mulheres do Kuban coberto de trigais, que gastam suas forças de mulher sem marido, e nos maridos, tão sozinhos quanto elas, que por cruel necessidade violam as moças que passam pelo caminho... Mas com você não buliram, sua indecente, ainda que mereça. Pense na Rússia, esmagada de dor...

E ela, para mim:

— Posso ter perdido o meu sal, mas da verdade não tenho medo. Não é na Rússia que vocês estão pensando, só querem salvar os judeus Lênin e Trótski...

— Não meta os judeus na conversa, cidadã perniciosa. Os judeus não têm nada a ver com essa história. Além disso, não digo Lênin, mas Trótski é o corajoso filho do governador de Tambov que, apesar de ser de outra classe, tomou o partido da classe trabalhadora. Como se estivessem condenados aos trabalhos forçados, eles, Lênin e Trótski, nos conduzem pelo caminho livre da vida, e você, odiosa cidadã, é mais contrarrevolucionária que aquele general Branco que, do alto do seu cavalo, que vale milhares de rublos, ameaça a gente com o sabre afiado... Dá para ver o tal general em toda a parte, e o trabalhador sonha com a ideia de fazer picadinho dele, enquanto você, mulher desonesta, com suas crianças interessantes, que não pedem de comer nem correm ao vento, não dá pra ver você, que, feito uma pulga, vai picando aqui, picando ali...

Confesso que realmente atirei a tal cidadã para fora do trem em movimento, num declive, mas ela, de tão ordinária, ficou um tempo ali sentada, sacudiu as saias e seguiu seu caminho de sordidez. E, ao ver aquela mulher intacta e a indescritível Rússia que a rodeava, e os campos dos camponeses sem uma só espiga, e as moças ultrajadas, os muitos camaradas que vão para o front e os poucos que voltam, me deu vontade de pular do vagão para dar um fim na minha vida, ou na dela. Mas os cossacos ficaram com pena de mim e disseram:

— Passa fogo nela.

E, apanhando minha fiel arma na parede, varri aquela vergonha da face da terra trabalhadora e da República.

E nós, soldados do segundo pelotão, juramos perante você, caro camarada redator, e perante vocês, caros camaradas da redação, agir implacavelmente contra todos os traidores que nos arrastam para a cova e que querem reverter o curso do rio e cobrir a Rússia de cadáveres e de relva morta.

Em nome de todos os soldados do segundo pelotão — Nikita Balmachov, soldado da Revolução."

A NOITE

Ó Estatuto do PCR! Através da massa azeda das narrativas russas vós estendestes impetuosos trilhos. Três corações sem dono, com todas as paixões de um Jesus de Riazan, foram convertidos por vós em colaboradores de O *Cavalariano Vermelho*, para que a cada dia pudessem compor seu temerário jornal, cheio de virilidade e de tosca alegria.

Gálin, com seu leucoma, o tuberculoso Slínkin, e Sytchov, o de intestinos corroídos, arrastam-se na poeira estéril da retaguarda, espalhando a revolta e o fogo de seus panfletos entre as fileiras de imponentes cossacos desmobilizados, dos ladrões reservistas, alistados como intérpretes poloneses, e das moças que, para corrigir, Moscou nos manda pelo trem da Secpolit.

Só ao anoitecer é que o jornal fica pronto, um estopim de dinamite colocado sob o exército. Apaga-se no céu o lampião zarolho de um sol provinciano, as luzes da tipografia se espalham e ardem impetuosamente, como uma paixão mecânica. E então, perto da meia-noite, Gálin sai do vagão para estremecer às ferroadas de seu amor não correspondido por Irina, a lavadeira do nosso trem.

— Na última vez — diz Gálin, de ombros estreitos, pálido e cego —, na última vez, Irina, examinamos o fuzilamento de Nicolau, o Sanguinário,* condenado pelo proletariado de Ekaterinburg. Agora passemos a outros tiranos, que morreram como cães. Pedro III foi estrangulado por Orlov, amante de sua mulher. Paulo foi estraçalhado pelos cortesãos e pelo próprio filho. Nicolau Pálkin** se envenenou, o filho dele foi abatido num primeiro de março,*** o neto morreu de tanto beber... Você precisa saber disso, Irina...

E, erguendo o olho nu, cheio de veneração, para a lavadeira, Gálin revolve incansavelmente as sepulturas dos finados imperadores. Encurvado, é banhado pela lua, que sobressai lá no céu feito uma lasca insolente; as máquinas tipográficas martelam ali perto, e a estação de

---

* Nicolau II. [N.T.]
** Trata-se do tsar Nicolau I, a quem o povo atribuía o epíteto Pálkin, formado a partir da palavra *palka* ("bastão"). [N.T.]
*** Alusão a Alexandre II, assassinado em 1881. [N.T.]

rádio resplandece com uma luz cristalina. Esfregando-se no ombro do cozinheiro Vassíli, Irina escuta o murmúrio surdo e absurdo do amor; sobre ela, as estrelas se arrastam nos sargaços negros do céu, a lavadeira cochila, faz o sinal da cruz sobre os lábios grossos e não tira os olhos esbugalhados de cima de Gálin...

Ao lado de Irina, bocejava o bochechudo Vassíli, que, como todos os cozinheiros, despreza a humanidade. Os cozinheiros vivem a lidar com a carne dos animais mortos e com a gulodice dos vivos; por isso, em política, buscam coisas que nada têm a ver com eles. Vassíli também não foge à regra. Puxando as calças até os mamilos, pergunta a Gálin sobre o registro civil de vários reis, sobre o dote das filhas do tsar e depois, entre bocejos, fala:

— Está ficando tarde, Aricha, e amanhã é outro dia. Vamos catar pulgas...

Eles fecharam a porta da cozinha, deixando Gálin a sós com a lua, que sobressai lá no céu, feito uma lasca insolente... De cara para a lua, num barranco, à beira de um tanque adormecido, estava eu sentado, de óculos, com furúnculos no pescoço e as pernas enfaixadas. Com minha confusa cabeça de poeta, eu digeria a luta de classes, quando Gálin se aproximou com seus leucomas reluzentes.

— Gálin — disse eu, morto de pesar e solidão —, estou doente, pelo visto chegou a minha hora, estou farto de viver na nossa Cavalaria...

— Seu moleirão — respondeu Gálin, e o relógio em seu pulso fino marcava uma da madrugada —, você é um moleirão, e nós somos obrigados a aguentar gente como você, seu moleirão... Nós é que tiramos as castanhas do fogo para vocês. Logo, logo, vão encontrar tudo pronto, e então é só tirar o dedo do nariz e celebrar a nova vida em prosa e verso; mas por enquanto fique aí quietinho, seu moleirão, e pare de choramingar nos nossos ouvidos...

Ele se aproximou mais, endireitou as ataduras frouxas das minhas feridas sarnentas e deixou a cabeça cair sobre seu peito de pombo. A noite nos consolava das nossas tristezas, uma brisa leve nos envolvia como uma saia materna, e lá embaixo a relva reluzia de umidade e frescor.

As máquinas tonitruantes na tipografia do trem começaram a ranger e se aquietaram; a aurora riscou um traço nos confins da Terra, a porta da cozinha fez um rangido e ficou entreaberta. Quatro pernas de calcanhares grossos assomaram no frescor, e pudemos ver as panturrilhas amorosas de Irina e o dedão de Vassíli, com sua unha torta e preta.

— Vassiliok — sussurrou a mulher, numa voz contida que ia se esvaindo —, sai da minha cama, seu chato...

Mas Vassíli limitou-se a encolher o calcanhar e aproximar-se ainda mais.

— O Exército de Cavalaria — disse-me então Gálin —, o Exército de Cavalaria é um foco social criado pelo CC do nosso partido. A curva da revolução atirou na primeira fila os cossacos livres, que ainda são infestados por muitos preconceitos, mas o CC, numa manobra, haverá de arrancá-los com escova de aço...

E Gálin pôs-se a falar da educação política do Primeiro Exército de Cavalaria. Ficou falando por muito tempo, com voz abafada e perfeita clareza. Sua pálpebra palpitava sobre o leucoma.

Afonka Bida

Lutávamos nos arredores de Liéchniuv. A cavalaria inimiga estendia-se por toda a parte como uma muralha. A mola da reforçada estratégia polonesa distendia-se com um silvo de mau agouro. Apertavam o cerco. Pela primeira vez em toda a campanha, experimentávamos em nosso lombo as agulhadas diabólicas dos ataques de flanco e os rompimentos da retaguarda — picadas daquela mesma arma que tínhamos usado com tanta felicidade.

O front de Liéchniuv era mantido pela infantaria. Ao longo das trincheiras sinuosamente escavadas debruçavam-se os mujiques pálidos e descalços da Volýnia. Essa infantaria fora arrancada do arado na véspera, a fim de formar uma reserva de combatentes para o Exército de Cavalaria. Os camponeses tinham vindo de bom grado. Lutavam com a maior dedicação. A ferocidade resfolegante dos mujiques chegou a assombrar até os homens de Budiónni. Seu ódio ao latifundiário polonês era construído com um material invisível, mas de boa qualidade.

Durante a segunda etapa da guerra, quando os alaridos deixaram de agir sobre a imaginação do inimigo e os ataques da cavalaria contra o adversário entrincheirado tornaram-se impossíveis, a infantaria improvisada poderia ser de extrema utilidade para o Exército de Cavalaria. Mas a nossa miséria pôde mais. A cada mujique foram dados um único fuzil e cartuchos que não se ajustavam à arma. Foi preciso renunciar à ideia, e mandaram para casa esse corpo de voluntários autenticamente popular.

Voltemos agora aos combates de Liéchniuv. A infantaria estava entrincheirada a três verstas do lugarejo. Ao longo das linhas de frente passeava um jovem arqueado e de óculos. Pendurado em seu flanco, o sabre dele arrastava-se pelo chão. Ele se movia aos saltos, parecendo pouco à vontade, como se as botas o incomodassem. Esse *hetman* dos mujiques, eleito e benquisto por eles, era judeu, um jovem judeu míope, com a cara macilenta e compenetrada de um talmudista. Demonstrava em combate uma valentia prudente e um sangue-frio que pareciam distração de sonhador.

Eram quase três horas de um longo dia de julho. No ar cintilava a teia irisada do calor. Atrás das colinas relampejou uma faixa festiva de uniformes e crinas de cavalos, trançadas com fitas. O jovem deu o sinal de alerta. Os mujiques, batendo as alpargatas, correram para suas posições e deixaram as armas de prontidão. Mas era alarme falso. Os esquadrões coloridos de Maslak* tinham desembocado na estrada de Liéchniuv. Seus cavalos, enfraquecidos porém bem-dispostos, seguiam a bom passo. Nas hastes douradas, carregadas de borlas de veludo, em meio a nuvens flamejantes de poeira, ondulavam bandeiras suntuosas. Os cavaleiros cavalgavam com uma frieza majestosa e insolente. A infantaria, mal-ajambrada, saltou de suas trincheiras e, de queixo caído, acompanhou a elegância flexível daquele fluxo vagaroso.

À frente do regimento, montado num cavalo da estepe, de pernas escanchadas, ia o *combrig* Maslak, injetado de sangue alcoólico e da podridão de seus humores gordurentos. Sua barriga, como um gato enorme, repousava sobre o arção de prata. Ao avistar a infantaria, Maslak ficou rubro de alegria e, com um aceno, chamou o comandante do pelotão, Afonka Bida. Esse comandante tinha entre nós a alcunha de "Makhnó", devido à sua semelhança com o *batko*. Ambos cochicharam por um instante, o *combrig* e Afonka. Depois o comandante do pelotão voltou-se para o primeiro esquadrão, curvou-se e ordenou, sem levantar a voz: "Avançar!" Os cossacos passaram ao trote, um pelotão atrás do outro. Esporeando os cavalos, galoparam rumo às trincheiras, de onde a alegre infantaria assistia embasbacada ao espetáculo.

— Preparar para o ataque! — ululou Afonka, com uma voz lúgubre, que parecia vir de muito longe.

Rouquejando, tossindo e deliciando-se, Maslak afastou-se para o lado, e os cossacos partiram para o ataque. A pobre infantaria desatou a correr, mas era tarde. Os chicotes dos cossacos já alcançavam seus capotes rotos. Os cavaleiros circulavam pelo campo e, com extraordinária destreza, brandiam os açoites.

— Por que esta brincadeira? — gritei para Afonka.

— Para rir — respondeu ele, retorcendo-se na sela para alcançar um rapaz que se embrenhara nos arbustos.

— Para rir! — gritou, esgaravatando o atarantado rapaz.

---

* Masliakov, comandante da primeira brigada da quarta divisão, guerrilheiro incorrigível, que pouco depois traiu o poder soviético.

A brincadeira terminou quando Maslak, enternecido e majestoso, fez um aceno com a mão gorducha.

— Infantaria, chega de moleza! — gritou Afonka, endireitando com soberba o corpo mirrado. — Vão catar pulgas, soldados...

Os cossacos, rindo entre si, enfileiraram-se. Da infantaria, nem rastro. As trincheiras estavam vazias. Somente o judeu arqueado permanecia em pé no mesmo lugar e, através dos óculos, observava os cossacos com atenção e altivez.

Nas bandas de Liéchniuv, o tiroteio não arrefecia. Os poloneses nos cercavam. Pelo binóculo viam-se vultos isolados de batedores montados. Vinham do lugarejo a galope e bamboleavam feito joões-bobos. Maslak formou o esquadrão, estendendo-o nos dois lados da estrada. O céu tornou-se radiante sobre Liéchniuv, indescritivelmente vazio, como sempre acontece nas horas de perigo. Lançando a cabeça para trás, o judeu soprou com força e pesar o apito de metal. E a infantaria, a infantaria chicoteada, retornava à sua posição.

As balas choviam copiosamente sobre nós. O Estado-Maior da Brigada tinha caído na zona de fogo das metralhadoras. Nós nos lançamos em direção à floresta e começamos a abrir caminho através do matagal, que ficava do lado direito da estrada. Os ramos metralhados gemiam sobre nossas cabeças. Quando saímos das moitas, os cossacos já não ocupavam suas antigas posições. Por ordem do *comdiv*, tinham se retirado para Bródy. Somente os mujiques, lá de suas trincheiras, mostravam os dentes, com tiros esparsos de fuzil, e Afonka, que ficara para trás, tentava alcançar seu pelotão.

Ele seguia pela beira da estrada, olhando em torno e farejando o ar. O tiroteio diminuiu por um instante. O cossaco pensou em aproveitar a trégua e disparou a correr. Nesse instante, uma bala atravessou o pescoço de seu cavalo. Afonka chegou a galopar ainda cerca de cem passos, mas, bem junto das nossas fileiras, o cavalo dobrou bruscamente as patas dianteiras e caiu por terra.

Sem pressa, Afonka tirou a perna machucada do estribo. Acocorou-se e cutucou a ferida com o dedo bronzeado. Depois, Bida endireitou-se e percorreu o horizonte radiante com um olhar aflito.

— Adeus, Stepan — disse ele, com uma voz inexpressiva, fazendo uma profunda mesura ao afastar-se do animal moribundo —, como voltar sem ti à *stanitsa* tranquila? Onde atrelar agora a tua sela bordada? Adeus, Stepan — repetiu mais alto, engasgou-se, guinchou como um rato na ratoeira e pôs-se a uivar. Seus rugidos chegaram a nossos ouvidos, e vimos Afonka prostrado, a bater a cabeça no chão, feito uma mulher histérica na igreja. — Não, não vou me submeter a este revés do destino — começou a gritar, tirando as mãos do rosto lívido —, não, eu vou é degolar sem dó nem piedade a maldita *szlachta*! Até que ela estertore, até o último suspiro, e até o sangue da Mãe de Deus... Eu te juro, Stepan, em nome dos queridos irmãos da *stanitsa*...

Afonka encostou o rosto no ferimento e calou-se. Cravando no dono um profundo e brilhante olho arroxeado, o cavalo ouvia o arquejar sentido de Afonka. Num doce abandono, ele esfregava o focinho no chão, enquanto filetes de sangue, como dois arreios de rubis, escorriam-lhe pelo peito coberto de músculos brancos.

Afonka continuava deitado, sem se mexer. Dando passos curtos com suas pernas grossas, Maslak aproximou-se do cavalo, encostou-lhe o revólver no ouvido e disparou. Afonka deu um pulo e virou para Maslak seu rosto marcado de varíola.

— Junte os arreios, Afanássi — disse Maslak, afetuosamente —, e volte à sua unidade...

E do alto da colina vimos Afonka, curvado sob o peso da sela, com o rosto úmido e vermelho, como que em carne viva, caminhar até seu esquadrão, absolutamente sozinho, em meio ao poeirento e ardente deserto dos campos.

Tarde da noite, encontrei-o no comboio. Dormia no carro que continha seus pertences, sabres, fardas, moedas de ouro furadas. A cabeça do comandante do esquadrão, coberta de sangue coagulado, a boca contorcida e morta, pendia sobre o arção da sela, como a de um crucificado. A seu lado estavam os arreios do cavalo morto, toda a requintada e rebuscada vestimenta do corcel cossaco: os peitorais de borlas negras, as flexíveis correias traseiras, cravejadas de pedras coloridas, e a brida com incrustações de prata.

A escuridão descia sobre nós cada vez mais densa. O comboio seguia pesadamente pelo caminho de Bródy; estrelas humildes percorriam os caminhos lácteos do céu, e aldeias distantes luziam nas frias profundezas da noite. Orlov, o ajudante do comandante do esquadrão, e o bigodudo Bítsenko estavam no mesmo carro que Afonka, conversando sobre seu desgosto.

— Um cavalo trazido de casa — disse o bigodudo Bítsenko —, onde se encontra um cavalo assim?

— Um cavalo é um amigo — respondeu Orlov.

— Um cavalo é um pai — suspirou Bítsenko —, salva a nossa vida um monte de vezes. Sem cavalo, Bida está perdido...

Na manhã seguinte, Afonka desapareceu. Os combates em Bródy começaram e logo acabaram. A derrota cedeu lugar a uma vitória momentânea, assistimos à substituição do *comdiv*, mas nem sinal de Afonka. Apenas os terríveis queixumes nas aldeias, um rastro pérfido e carniceiro das pilhagens de Afonka, nos indicavam o seu difícil caminho.

— Está à procura de um cavalo — é o que diziam no esquadrão sobre o comandante. E nos intermináveis serões de nossas andanças sem destino, ouvi um bocado de histórias sobre essa busca surda e encarniçada.

Soldados de outras unidades tinham tropeçado em Afonka a dezenas de verstas de nossas posições. Permanecia emboscado, à espera dos cavalarianos poloneses que ficaram para trás, ou vagava pelas florestas, à procura das manadas escondidas pelos camponeses. Incendiava as aldeias e fuzilava os starostes poloneses por receptação. Ecos dessa luta singular e encarniçada chegavam aos nossos ouvidos, ecos do ataque rapace de um lobo solitário contra uma multidão.

Passou-se mais uma semana. A cólera amarga daqueles dias tinha apagado do nosso cotidiano os relatos sobre as lúgubres audácias de Afonka, e começamos a esquecer "Makhnó". Mais tarde, correu o boato de que ele fora esfaqueado numa floresta qualquer por camponeses da Galícia. E no dia de nossa entrada em Berestietchko, Emelian Budiak, do primeiro esquadrão, foi pedir ao *comdiv* a sela de Afonka, com o baixeiro amarelo. Emelian queria desfilar com uma sela nova, mas não teve oportunidade.

Entramos em Berestietchko no dia 6 de agosto. À frente da nossa divisão avançavam o *bechmiet* asiático e o cafetã vermelho do novo *comdiv*. Liovka, um lambe-botas dos diabos, ia atrás do *comdiv*, conduzindo uma égua parideira. Uma marcha militar impregnada de prolongada ameaça percorria aquelas ruas extravagantes e miseráveis. Becos decrépitos e uma floresta colorida de vigas caducas e cambaleantes espalhavam-se pelo lugarejo. Seu cerne, carcomido pelo tempo, exalava sobre nós uma putrefação sombria. Contrabandistas e beatos haviam se escondido em suas amplas e escuras isbás. Somente *pan* Liudomírski, o sineiro de sobrecasaca verde, veio ao nosso encontro na igreja.

Atravessamos o rio e penetramos num arrabalde pequeno-burguês. Aproximávamo-nos da casa do padre quando, virando uma esquina, surgiu Afonka, montado num enorme garanhão cinzento.

— Meus cumprimentos — rugiu e, abrindo passagem em meio à tropa, retomou seu lugar nas fileiras.

Maslak fitou o horizonte incolor e, sem se voltar, disse, com a voz rouca:

— Aonde foi pegar o cavalo?

— É meu — respondeu Afonka, enrolando um cigarro, que umedeceu de leve com a língua.

Os cossacos se aproximaram dele, um a um, para saudá-lo. Em seu rosto carbonizado, no lugar do olho esquerdo, abria-se asquerosamente um monstruoso abscesso rosado.

Mas, na manhã seguinte, Bida caiu na farra. Na igreja, destruiu o relicário de São Valentim e quis tocar órgão. Vestia uma japona feita de um tapete azul, com um lírio bordado nas costas, e uma mecha suada cobria-lhe o olho perdido.

Depois do almoço, ele selou o cavalo e disparou seu fuzil contra as janelas arrombadas do castelo dos condes Ratsibórski. Os cossacos formavam um semicírculo ao seu redor... Levantavam o rabo do corcel, apalpavam-lhe as patas e contavam seus dentes.

— Bela montaria — disse Orlov, o ajudante do comandante do Esquadrão.

— Um cavalo pra ninguém botar defeito — confirmou o bigodudo Bítsenko.

Na igreja de São Valentim

Nossa divisão ocupou Berestietchko ontem à tarde. O Estado-Maior instalou-se na casa do padre Tuzínkevitch. Travestido de mulher, Tuzínkevitch tinha fugido de Berestietchko antes da entrada de nossas tropas. A respeito dele, sei que durante 45 anos dedicou-se a Deus em Berestietchko e que era um bom padre. Quando os habitantes querem nos fazer compreender isso, dizem: até os judeus gostavam dele. No tempo de Tuzínkevitch, a velha igreja católica foi restaurada. A reforma acabou no dia em que o templo completava trezentos anos. Nessa ocasião, veio o bispo de Jitómir. Prelados de batinas de seda celebraram o *Te Deum* diante da igreja. Barrigudos e seráficos, eles se postavam de pé, como sinos, na relva coberta de orvalho. Dos povoados vizinhos afluíam rios de fiéis. Os mujiques ajoelhavam-se, beijavam mãos, e naquele mesmo dia nuvens jamais vistas flamejaram no céu. Bandeiras celestiais tremulavam em homenagem à velha igreja. O bispo em pessoa beijou a fronte de Tuzínkevitch, chamando-o *pater Berestecka,* o pai de Berestietchko.

Tomei conhecimento dessa história de manhã, no Estado-Maior, onde examinava o relatório de uma de nossas colunas de patrulha, que tinha procedido a um reconhecimento em Lvov, no distrito de Radzikhov. Eu lia os papéis, e o ronco dos ordenanças nas minhas costas expressava nossa interminável condição de desabrigados. Os escreventes, caindo de sono, copiavam as ordens para a divisão, comiam pepinos e espirravam. Fui liberado somente ao meio-dia, cheguei até a janela e avistei o templo de Berestietchko, imponente e branco. Ele reluzia ao sol tépido como uma torre de porcelana. Os reflexos do meio-dia incidiam nas laterais brilhantes, cujo perfil convexo começava no verde antigo das cúpulas e descia suavemente até embaixo. Veios rosados deterioravam-se na pedra branca da fachada, e no alto erguiam-se colunas finas como círios.

Foi então que o canto do órgão feriu os meus ouvidos, e nesse mesmo instante uma velha de cabelos amarelados e revoltos apareceu à porta do Estado-Maior. Ela se movia como um cachorro com a pata quebrada, rodopiando sobre si mesma e inclinando-se até o chão. Suas pupilas, injetadas pela umidade branca da cegueira, vertiam lágrimas. Os sons do órgão, ora lentos, ora apressados, flutuavam ao nosso encontro. Seu voo era difícil, o eco reverberava pungente e longo. A velha enxugou as lágrimas com seus cabelos amarelos, sentou-se no chão e pôs-se a beijar minhas botas, na altura do joelho. O órgão emudeceu e em seguida soltou uma gargalhada em notas baixas. Agarrei a velha pelo braço e olhei à minha volta. Os datilógrafos batiam à máquina, os ordenanças roncavam cada vez mais alto, suas esporas cortavam o feltro dos sofás de veludo. A velha beijava minhas botas com ternura, abraçando-as como se fossem um bebê. Arrastei-a até a soleira e fechei a porta atrás de mim. A igreja se erguia à nossa frente, deslumbrante como um cenário. As portas laterais estavam abertas, e sobre os túmulos dos oficiais poloneses jaziam crânios de cavalos.

Penetramos no pátio, percorremos um corredor sombrio e fomos desembocar num aposento quadrado, erguido junto ao altar. Ali, Sachka, a enfermeira do 31º Regimento, mandava e desmandava. Ela vasculhava as sedas que alguém jogara no chão. O odor cadavérico dos brocados, das flores espalhadas e a decomposição perfumada penetravam em suas narinas palpitantes, provocando coceira e intoxicação. Então os cossacos entraram na sala. Às gargalhadas, agarraram Sachka pelo braço e, num ímpeto, derrubaram-na sobre a montanha de roupas e livros. O corpo de Sachka, viçoso, cheirando a carne de vaca recém-abatida, foi despido; as saias levantadas revelaram suas pernas de vivandeira, pernas de ferro fundido, bem torneadas, e Kurdiúkov, um moleque abobado, montou nela e, sacudindo-se como numa sela, simulou um abraço apaixonado. Ela o derrubou e correu para a porta. Só então, atravessando o altar, penetramos na igreja.

A igreja estava inundada de luz, de reflexos dançantes, de colunas de ar, de uma espécie de júbilo refrescante. Como poderia esquecer o quadro pendurado na capela do lado direito, pintado por Apolek? No quadro, doze padres rosados embalavam num berço de fitas trançadas um roliço Menino Jesus. Os dedos de seus pés sobressaíam, seu corpo estava laqueado pelo suor cálido da manhã. O bebê se remexia com suas costas rechonchudas, cheias de dobras, e os doze apóstolos, com suas tiaras de cardeais, debruçavam-se sobre o berço. Tinham o rosto barbeado a ponto de parecer azul; o manto chamejante ressaltava o volume do ventre. Os olhos dos apóstolos brilhavam de sabedoria, de resolução, de júbilo: nos cantos de seus lábios vagava um tênue sorriso, nas papadas pululavam verrugas de fogo, rubras como os rabanetes de maio.

 Imperava no templo de Berestietchko um modo peculiar e sedutor de encarar os sofrimentos mortais dos filhos da humanidade. Ali, os santos caminhavam para o suplício com pose de cantores italianos nas ilustrações, e os cabelos pretos dos carrascos reluziam como a barba de Holofernes. Em cima do sacrário notei a imagem sacrílega de João, obra do pincel herético e arrebatador de Apolek. Nessa representação o Batista possuía aquela beleza ambígua e reticente que levou as concubinas do rei a perder o resto de sua honra e a vida próspera.

 A princípio, não notei na igreja vestígios de destruição, ou eles não me pareceram consideráveis. Somente o relicário de São Valentim estava quebrado. Chumaços de algodão podre jaziam no chão, embaixo do relicário, e os ridículos ossos do santo mais pareciam ossos de galinha. E Afonka Bida continuava a tocar o órgão. Estava bêbado, desvairado e todo lanhado. Voltara somente no dia anterior, com um cavalo roubado dos mujiques. Afonka tentava obstinadamente executar uma marcha no órgão, enquanto alguém, com voz sonolenta, tratava de dissuadi--lo: "Para com isso, Afónia, vamos comer". Mas o cossaco não parava: as canções de Afonka eram inumeráveis. Cada som era uma canção, e todos os sons eram separados uns dos outros. Cada canção, sua densa melodia, durava um instante e era substituída por outra... Eu ouvia, olhava ao redor, e os vestígios de destruição não me pareciam consideráveis. Mas não era esse o pensamento de *pan* Liudomírski, sineiro da igreja de São Valentim e marido da velha cega.

 Liudomírski apareceu, vindo não sei de onde. Entrou na igreja cabisbaixo e com passos firmes. O velho não ousava cobrir com um véu as relíquias esparramadas porque a um homem de condição humilde não é permitido tocar em coisas sagradas. O sineiro desabou nas lajes azuis do pavimento, ergueu a cabeça, e seu nariz azulado sobressaiu no corpo como uma bandeira sobre um cadáver. O nariz azulado palpitava sobre seu corpo. Nisso, a cortina de veludo junto ao altar começou a oscilar e, tremulando, arrastou-se para um lado. Nas profundezas do nicho descoberto, sobre o fundo de um céu sulcado de nuvens, corria uma figurinha barbuda, metida num cafetã alaranjado, os pés descalços, a boca dilacerada e sangrando. Um uivo rouco feriu nossos ouvidos. O homem de cafetã alaranjado estava sendo perseguido pelo ódio e ia ser alcançado pelo perseguidor. Estendeu o braço para se desviar de um golpe iminente, e do braço escorreu-lhe sangue num fluxo purpúreo. Ao meu lado, o pequeno cossaco soltou um grito e, baixando a cabeça, disparou a correr, embora não fosse caso para tanto, já que a figura do nicho era apenas Jesus Cristo, a mais extraordinária representação de Deus que vi em minha vida.

O Salvador de *pan* Liudomírski era um judeu de cabelos crespos, barbicha emaranhada, testa curta e enrugada. As faces cavadas eram pintadas de carmim e, acima dos olhos, fechados de dor, arqueavam-se finas sobrancelhas avermelhadas.

A boca estava rasgada como o beiço de um cavalo; seu cafetã polonês era cingido por um cinto valioso, e sob a túnica contraíam-se dois pezinhos de porcelana pintados, nus e atravessados por pregos de prata.

Pan Liudomírski, de sobrecasaca verde, estava de pé, embaixo da estátua. Estendeu sobre nós a mão ressequida e nos amaldiçoou. Os cossacos arregalaram os olhos e sacudiram os topetes de palha. Com voz trovejante, o sineiro da igreja de São Valentim lançou-nos um anátema no mais puro latim. Depois, deu-nos as costas, caiu de joelhos e abraçou as pernas do Salvador.

De volta ao Estado-Maior, redigi um relatório para o comandante da divisão sobre os ultrajes cometidos contra o sentimento religioso da população local. Veio ordem para fechar a igreja e para que os culpados fossem submetidos a uma investigação disciplinar e postos à disposição do tribunal militar.

O comandante de esquadrão Trúnov

Ao meio-dia conduzimos a Sokal o corpo baleado de Trúnov, nosso comandante de esquadrão. Tinha sido morto de manhã em combate com aeroplanos inimigos. Todos os disparos acertaram seu rosto, suas faces estavam cobertas de ferimentos, a língua fora arrancada. Lavamos a cara do morto como pudemos, para que parecesse menos horrível, colocamos a sela caucasiana à cabeceira do caixão e cavamos para Trúnov uma sepultura num lugar de honra, no jardim público do centro da cidade, bem junto de um canteiro. Estiveram presentes ali o nosso esquadrão a cavalo, o Estado-Maior do Regimento e o comandante da divisão. Quando o relógio da catedral bateu duas horas, nosso decrépito canhãozinho disparou o primeiro tiro. Com sua velha boca de três polegadas, ele saudou o comandante morto, completou a salva, e nós levamos o caixão até a sepultura aberta. O caixão estava aberto, e o puro sol meridional iluminava o corpo comprido, sua boca recheada de dentes quebrados e as botas polidas, com os tacões unidos, durante a instrução.

— Soldados! — disse então Pugatchov, o comandante do regimento, contemplando o defunto e postando-se à beira da sepultura. — Soldados! — disse, trêmulo, os braços estendidos ao longo do corpo. — Estamos sepultando Pacha Trúnov, herói mundial; prestemos a Pacha nossas últimas homenagens...

E, erguendo para o céu os olhos injetados pela insônia, Pugatchov fez um discurso sobre os soldados mortos do Primeiro Exército de Cavalaria, sobre essa orgulhosa falange que batia o martelo da história na bigorna dos séculos futuros. Pugatchov fez seu discurso em altos brados, empunhando seu curvo sabre tchetcheno e revolvendo a terra com as botas rotas, com esporas de prata. Depois do discurso, a banda tocou a "Internacional", e os cossacos despediram-se de Pacha Trúnov. O esquadrão inteiro saltou sobre os cavalos e disparou uma salva para o alto, o nosso pequeno três polegadas resmungou pela segunda vez, e mandamos três cossacos buscar uma coroa. Eles partiram em desabalada carreira, disparando a pleno galope, deixando-se cair das selas e rodopiando o corpo em torno delas, como os *djiguits*. Retornaram trazendo uma braçada de flores vermelhas. Pugatchov espalhou-as junto da sepultura, e começamos a nos aproximar de Trúnov para o último beijo. Toquei com os lábios a testa serena, encimada pela sela, e voltei à cidade, à gótica Sokal, envolta na poeira azul e no desalento da Galícia.

Uma grande praça formada por sinagogas antigas estendia-se à esquerda do jardim. Judeus de sobrecasacas esfarrapadas altercavam-se na praça, aos empurrões. Alguns deles, os ortodoxos, exaltavam os ensinamentos de Adassia, o rabino de Belza; por isso eram atacados pelos hassídicos de orientação moderada, discípulos de Judá, o rabino de Gussiátino. Os judeus discutiam a propósito da cabala, e em suas disputas mencionavam o nome de Iliá, o *gaon* de Vilna, perseguidor dos hassídicos...

Esquecidos da guerra e dos tiroteios, os hassidistas difamavam até o nome de Iliá, o sumo sacerdote de Vilna, enquanto eu, consumido pela tristeza, pela morte de Trúnov, também me enfiei no meio deles aos empurrões, e, para me aliviar, vociferei com eles, até que vi à minha frente um galiciano cadavérico e alto como Dom Quixote.

O galiciano vestia uma túnica branca de linho que chegava aos calcanhares. Estava vestido como que para um funeral ou para a comunhão, puxando pela corda uma vaquinha estropiada. Sobre seu tronco gigantesco, assentava-se uma ágil e minúscula cabecinha de serpente, toda raspada. Estava coberta por um chapéu de abas largas, e bamboleava. A vaquinha miserável seguia o galiciano, presa à corda; ele a conduzia com imponência, recortando com seu longo esqueleto em forma de forca o brilho ardente do céu.

Atravessou a praça com um andar solene e entrou num beco tortuoso, enfumaçado de vapores densos e nauseabundos. Nos casebres carbonizados, em cozinhas esquálidas, judias que pareciam pretas velhas, judias de peitos descomunais, cuidavam de seus afazeres. O galiciano passou por elas e parou no final do beco, diante da fachada de um edifício em ruínas.

Ali, na entrada, perto de uma coluna branca retorcida, havia um ferrador cigano ferrando cavalos. O cigano martelava os cascos, sacudindo os cabelos oleosos, assobiava e sorria. Alguns cossacos e seus cavalos estavam ao redor dele. O meu galiciano aproximou-se do ferrador, entregou-lhe em silêncio uma dúzia de batatas cozidas e, sem olhar para ninguém, fez meia-volta. Estava prestes a segui-lo, mas nisso fui detido por um cossaco, que esperava para ferrar o seu cavalo. O sobrenome dele era Seliviérstov. Tinha abandonado Makhnó sabe-se lá quando e servia no 33º Regimento de Cavalaria.

— Liútov — disse ele, cumprimentando-me com um aperto de mão —, você vive espicaçando todo mundo, Liútov, parece que tem o diabo no corpo. Por que andou brigando com Trúnov hoje de manhã?

E, fazendo eco a algum falatório estúpido, Seliviérstov pôs-se a gritar na minha cara um verdadeiro absurdo: que naquela manhã eu tinha dado uma surra em Trúnov, o comandante do meu esquadrão. Seliviérstov me censurava por isso a torto e a direito, me censurava diante de todos os cossacos, mas não havia nem um pingo de verdade na história que ele contava. Realmente, eu e Trúnov tínhamos nos desentendido pela manhã, porque ele sempre arrumava encrencas intermináveis com os prisioneiros; nós brigamos, mas ele tinha morrido, o Pachka, e não havia mais ninguém no mundo que pudesse julgá-lo, muito menos eu. Eis aqui o motivo do nosso desentendimento.

Os prisioneiros daquele dia tinham sido capturados ao amanhecer, na estação de Zavoda. Eram dez homens. Quando os prendemos, vestiam apenas as roupas de baixo. Havia um monte de uniformes jogados perto dos poloneses; esse era um ardil deles para que não distinguíssemos, pela farda, os oficiais dos soldados rasos. Eles mesmos amontoavam suas roupas, mas dessa vez Trúnov resolveu descobrir a verdade.

— Oficiais, um passo à frente! — ordenou, aproximando-se dos prisioneiros, e sacou a arma.

Trúnov tinha sido ferido naquela manhã e sua cabeça fora enfaixada com um trapo, através do qual o sangue escorria feito chuva no palheiro.

— Oficiais, falem a verdade! — repetiu ele, pondo-se a empurrar os poloneses com a coronha do revólver.

Então, saiu do grupo um homem velho e magro, com ossos enormes e descarnados nas costas, faces amareladas e bigodes caídos.

—... Guerra no fim — disse o velho, com um entusiasmo incompreensível —, oficial tudo fugiu, guerra no fim...

E o polonês estendeu as mãos azuladas ao comandante do esquadrão.

— Cincos dedos — disse ele, soluçando e revirando a mão enorme e flácida —, com isso cincos dedo eu sustentou família meu...

O velho engasgou, cambaleou, derramando lágrimas de emoção, e caiu de joelhos aos pés de Trúnov, que o rechaçou com o sabre.

— Seus oficiais são uns patifes — disse o comandante —, seus oficiais amontoaram os uniformes aqui... Azar daquele em quem servir! Vamos experimentar...

E, assim, o comandante do esquadrão apanhou do monte de trapos um gorro debruado e colocou-o na cabeça do velho.

— Serviu — murmurou Trúnov, e aproximou-se resmungando —, serviu... — E cravou o sabre na garganta do prisioneiro.

O velho tombou, sacudiu as pernas, de sua garganta jorrou um riacho espumante cor de coral. Então, Andriucha Vosmiliétov aproximou-se dele, com suas argolas brilhantes e o pescoço roliço de camponês. Andriucha desabotoou a roupa do polonês, sacudiu-o de leve e começou a tirar as calças do moribundo. Em seguida, jogou-as sobre a sela, apanhou mais dois uniformes no monte de roupas e afastou-se de nós, brandindo o chicote. Nesse instante, o sol saiu de trás das nuvens, envolvendo impetuosamente o cavalo de Andriucha, seu trote alegre, o balanço despreocupado do rabo cortado. Andriucha cavalgou por um atalho até a floresta, onde estava o nosso comboio. Os cocheiros do comboio estavam possessos, assobiavam e faziam sinais a Vosmiliétov, como se ele fosse um surdo-mudo.

O cossaco já tinha chegado à metade do caminho quando Trúnov caiu de joelhos e chamou-o com voz rouca:

— Andriéi — disse o comandante, olhando para o chão —, Andriéi — repetiu, sem tirar os olhos do chão —, nossa República Soviética ainda está viva, é cedo ainda para reparti-la. Largue esses trapos, Andriéi.

Mas Vosmiliétov nem se virou. Cavalgava no seu admirável trote cossaco e, com desenvoltura, o cavalinho sacudia o rabo de baixo para cima, como se nos enxotasse.

— Traição! — murmurou Trúnov, estupefato. — Traição! — repetiu.

Levou precipitadamente a carabina ao ombro, disparou e, na pressa, errou o alvo. Mas, dessa vez, Andriéi parou. Virou o cavalo em nossa direção, pondo-se a pular na sela feito uma camponesa.

Tinha o rosto vermelho e irritado, e sacudia as pernas.

— Escute aqui, paisano — pôs-se a gritar, aproximando-se, e aquietou-se ao som da própria voz, profunda e forte —, tomara que eu não acabe com você, paisano, e com a puta que o pariu... Você apanha uma dezena de poloneses e faz todo esse escarcéu, eu apanhei centenas e nem fui chamá-lo... Se você é um operário, então cumpra o seu ofício...

Jogando da sela as calças e os dois uniformes, Andriucha começou a fungar e, afastando-se do comandante do esquadrão, veio me ajudar a fazer uma lista do restante dos prisioneiros. Ele não se desgrudava de mim, fungando de um modo extraordinariamente ruidoso. Os prisioneiros uivavam e fugiam de Andriucha, que os perseguia e agarrava às braçadas, assim como um caçador abraça os juncos para observar o bando de aves que voa até o rio, ao amanhecer.

Lidando com os prisioneiros, esgotei meu repertório de palavrões e anotei de qualquer jeito os nomes de oito homens, o número de suas unidades, o tipo de arma, até chegar ao nono. O nono era um jovem que parecia um atleta alemão de um bom circo, um jovem com um tórax branco germânico e bigodinho, vestindo camiseta de malha e calção de caçador. Ele virou para mim os dois mamilos de seu imponente peitoral, jogou para trás os cabelos loiros suados e disse o nome de sua unidade. Então Andriucha o agarrou pelo calção, perguntando com severidade:

— Onde arranjou esta roupa?

— Foi minha mãe que fez — respondeu o prisioneiro, hesitante.

— Que mãe prendada você tem — disse Andriucha, sem desviar os olhos da roupa, e roçou com a ponta dos dedos as unhas bem-tratadas do polonês —, que mãe prendada você tem, aqui ninguém tem uma roupa igual...

Tornou a apalpar o calção de caçador e pegou pelo braço o nono prisioneiro, a fim de levá-lo para junto dos outros, já registrados. Mas, nesse instante, vi Trúnov sair rastejando de trás de uma elevação do terreno. O sangue escorria pela cabeça do comandante do esquadrão feito chuva no palheiro, o trapo sujo tinha se soltado e estava caindo. Ele se arrastava no chão, de barriga para baixo, segurando a carabina nas mãos. Era uma carabina japonesa envernizada, de grosso calibre. A vinte passos de distância, Pacha estilhaçou o crânio do jovem, e os miolos do polonês choveram nas minhas mãos. Então, Trúnov tirou os cartuchos do fuzil e aproximou-se de mim.

— Pode riscar um — disse, apontando a lista.

— Não vou riscar nenhum! — respondi, sobressaltado. — Pelo visto, Pável, as ordens de Trótski não valem para você...

— Pode riscar um — repetiu Trúnov, tocando o papel com o dedo preto.

— Não vou riscar nenhum! — pus-me a gritar a plenos pulmões.

— Eram dez, sobraram oito, no Estado-Maior ninguém vai ter consideração por você, Pacha...

— No Estado-Maior terão consideração por esta nossa vida miserável — respondeu Trúnov, avançando em minha direção, todo esfarrapado, rouco, envolto em fumaça, mas logo estacou, levantou a cabeça ensanguentada para o céu e recriminou com amargura: — Zumbe, zumbe — disse —, aí vem outro, mais um a zumbir...

E o comandante do esquadrão indicou-nos quatro pontos no céu, quatro bombardeiros que sobrevoavam nuvens resplandecentes como cisnes. Eram os aparelhos da esquadrilha aérea do major Fauntleroy, enormes aparelhos blindados.

— A cavalo! — puseram-se a gritar os comandantes de pelotão, ao avistá-los, e tão logo montaram, foram conduzindo o esquadrão até a floresta, mas Trúnov não seguiu com o seu. Ficou lá, no edifício da estação, colado à parede, em silêncio. Alarmados, Andriucha Vosmiliétov e dois artilheiros, dois moços descalços metidos em calças de montaria carmesim, permaneceram ao seu lado.

— Deem no pé, rapazes! — disse-lhes Trúnov, e o sangue foi desaparecendo de seu rosto. — Aqui está o meu relatório a Pugatchov...

Com letras garrafais de mujique, Trúnov escreveu de atravessado numa folha de papel solta:

"Tendo de morrer hoje", escreveu, "considero meu dever tentar dois disparos para abater o inimigo, e, ao mesmo tempo, passo o comando ao comandante de pelotão Semion Gólov..."

Selou a carta, sentou-se no chão e, fazendo mais um esforço, tirou as botas.

— Aproveitem — disse, entregando aos artilheiros relatório e botas —, aproveitem, as botas são novas...

— Boa sorte, comandante — murmuraram os artilheiros em resposta; apoiando-se ora num pé, ora no outro, eles não se apressavam em partir.

— Boa sorte para vocês também — disse Trúnov —, seja o que tiver de ser, rapazes... — E dirigiu-se à metralhadora, posicionada numa elevação do terreno ao lado da guarita da estação. Lá, o trapeiro Andriucha Vosmiliétov esperava por ele.

— Seja o que tiver de ser — disse-lhe Trúnov, pondo-se a fazer pontaria com a metralhadora. — Por acaso vai ficar comigo, Andriéi?...

— Jesus Cristo — replicou Andriucha, assustado; depois soltou um soluço, empalideceu e desatou a rir: — Minha Nossa Senhora!

E pôs-se a mirar os aeroplanos com a segunda metralhadora.

Os aparelhos sobrevoavam a estação sempre mais a pino, matraqueavam com afinco nas alturas, baixavam, descrevendo círculos, enquanto, com raios rosados, o sol pousava no brilho de suas asas.

Entretanto, nós, do Quarto Esquadrão, estávamos na floresta. Lá, esperávamos o combate desigual entre Pachka Trúnov e o major do exército americano Reginald Fauntleroy. O major e seus três bombardeiros demonstraram grande perícia nesse combate. Baixaram para trezentos metros e metralharam primeiro Andriucha, depois Trúnov. Os cintos de balas descarregados pelos nossos não causaram nenhum dano aos americanos, que voaram para outro lado, sem descobrir o esquadrão escondido na floresta. Por isso, depois de meia hora de espera, pudemos ir buscar os cadáveres. O corpo de Andriucha Vosmiliétov foi recolhido por dois parentes dele, que serviam em nosso esquadrão, e o de Trúnov, nosso finado comandante, nós o levamos para a gótica Sokal e o sepultamos num lugar de honra, no jardim público, num canteiro de flores, no centro da cidade.

Os Ivans

O diácono* Agguéiev desertara duas vezes do front. Por isso tinha sido entregue ao Regimento Disciplinar de Moscou. O comandante em chefe Serguei Serguéievitch Kámeniev passou em revista esse regimento em Mojáisk, antes que fosse enviado à linha de frente.

— Não preciso deles — disse o comandante em chefe. — Que voltem para Moscou, para limpar latrinas...

Em Moscou, sem o devido cuidado, tiraram uma companhia de reserva do Disciplinar. O diácono, entre outros, foi incluído. Ele chegou ao front polonês e declarou-se surdo. Barsútski, o médico-assistente do Destacamento de Primeiros Socorros, depois de uma semana de tentativas, não conseguiu vencer a teimosia do outro.

— Para o diabo com este surdo! — disse Barsútski ao padioleiro Sóitchenko. — Arrume uma carroça no comboio, vamos mandar o diácono a Rovno para um exame...

Sóitchenko dirigiu-se ao comboio e arranjou três carroças: na primeira delas, Akinfiev era o cocheiro.

— Ivan — disse-lhe Sóitchenko —, você vai levar o surdo a Rovno.

— Posso levá-lo — respondeu Akinfiev.

— E vai me trazer um recibo...

— Claro — disse Akinfiev —, e qual é a causa dessa surdez?...

— Cada um se defende como pode — disse Sóitchenko, o padioleiro.

— Esta é a causa. De surdo ele não tem nada, é um vigarista...

— Posso levá-lo — repetiu Akinfiev, seguindo atrás dos outros carros.

Havia ao todo três carroças paradas diante do posto médico. Na primeira acomodaram uma enfermeira transferida para a retaguarda, a segunda foi destinada a um cossaco com nefrite, na terceira sentou-se Ivan Agguéiev, o diácono.

Depois de resolver tudo, Sóitchenko chamou o médico-assistente.

— O nosso vigarista está de partida — disse ele. — Instalei-o no carro do Tribunal Revolucionário, mediante recibo. Já vão sair...

---

* No clero russo, uma espécie de aspirante ao sacerdócio, condição que nem sempre atinge. [N.T.]

Barsútski olhou por uma janelinha, avistou as carroças e precipitou-se para fora, todo vermelho e sem chapéu.

— Ei, assim ele vai morrer! — gritou para Akinfíev. — Ponha o diácono em outra carroça.

— Em qual? — retrucaram os cossacos que estavam perto dali, desatando a rir. — Do nosso Ivan ele não escapa...

Akinfíev, chicote na mão, permanecia em pé junto aos cavalos. Tirou o chapéu e disse com polidez:

— Bom dia, camarada médico-assistente.

— Bom dia, amigo — respondeu Barsútski. — Você é uma fera; o diácono deve mudar de carroça...

— Queria saber — disse o cossaco, com voz esganiçada, e seu lábio superior estremeceu, deslizou e pôs-se a tremer sobre os dentes deslumbrantes —, eu queria saber se acha conveniente ou inconveniente quando o inimigo nos tortura horrivelmente, quando o inimigo nos espanca sem dar trégua, quando nos pendura pelos pés e amarra nossos braços como uma serpente, se acha conveniente tapar os ouvidos neste momento crucial?

— Vânia dá todo o apoio aos comissários — gritou Korotkov, o cocheiro da primeira carroça. — Ah, dá mesmo...

— Que "dá todo o apoio" o quê! — murmurou Barsútski, virando-se. — Todos nós damos. Só que tudo deve ser feito como manda o regulamento...

— É que o nosso surdo aí, de surdo não tem nada! — cortou imediatamente Akinfíev e, enrolando o chicote nos dedos roliços, caiu na risada, dando uma piscada para o diácono. Este permanecia sentado na carreta, com os enormes ombros caídos, e balançava a cabeça.

— Ora, vão com Deus! — gritou o médico, desesperado. — Você será o responsável por tudo, Ivan...

— Posso ser o responsável — proferiu Akinfíev, com ar pensativo, e baixou a cabeça. — Fique à vontade — disse ao diácono, sem se virar —, mais à vontade — repetiu o cossaco, juntando as rédeas numa das mãos.

As carroças formaram uma fila e, uma atrás da outra, dispararam estrada afora. À frente ia Korotkov; Akinfíev era o último. Ele assobiava uma canção e sacudia as rédeas. Percorreram assim cerca de quinze verstas, e ao anoitecer foram desbaratados por um ataque súbito do inimigo.

Naquele dia, 22 de julho, os poloneses destroçaram com uma manobra rápida a retaguarda do nosso exército, irromperam de chofre no povoado de Kózin e capturaram muitos efetivos da Décima Primeira Divisão. Os esquadrões da Sexta Divisão foram lançados no setor de Kózin, para contra-atacar o inimigo. As manobras fulminantes das unidades desarticularam o movimento dos comboios, os carros do Tribunal Revolucionário passaram dois dias vagando pelos incandescentes ressaltos da batalha, e só na terceira noite foram desembocar na estrada, pela qual o Estado-Maior da retaguarda batia em retirada. Foi lá que os encontrei, à meia-noite.

Paralisado pelo desespero, encontrei-os depois do combate nos arredores de Khótin. Nesse combate tinham matado o meu cavalo. Perdida a montaria, passei para uma ambulância e fiquei recolhendo os feridos até o anoitecer. Então, os sãos foram arremessados do veículo, e eu me vi sozinho, ao pé de uma choupana em ruínas. A noite galopava em minha direção, montada em velozes corcéis. O clamor dos comboios enchia o Universo. Na terra, cercada de ganidos, apagavam-se os caminhos. As estrelas saíram rastejando do ventre frio da noite e as aldeias desertas incendiavam-se no horizonte. Com a sela nas costas, fui seguindo por um atalho devastado e parei numa curva, a fim de satisfazer uma necessidade. Aliviado, abotoei-me e senti respingos na mão. Acendi a lanterna, virei-me e vi no chão o cadáver de um polonês, ensopado pela minha urina. Uma caderneta de anotações e fragmentos das proclamações de Pilsudski jaziam ao lado do corpo. Na caderneta do polonês estavam anotadas pequenas despesas, a relação dos espetáculos no Teatro Dramático de Cracóvia e a data do aniversário de uma mulher chamada Maria Luiza. Com a proclamação de Pilsudski, marechal e comandante em chefe, enxuguei o líquido fedorento do crânio de meu irmão desconhecido e parti, curvado pelo peso da sela.

Nesse momento, ouvi um rangido de rodas ali por perto.

— Alto lá! — gritei. — Quem vem aí?

A noite galopava em minha direção, montada em velozes corcéis, os incêndios espiralavam no horizonte.

— Gente do Tribunal Revolucionário — respondeu uma voz abafada pela escuridão.

Corri em linha reta e trombei com uma carroça.

— Mataram o meu cavalo — falei em voz alta. — Chamava-se Lávrik...

Não obtive resposta. Subi na carroça, apoiei a cabeça na sela, peguei no sono e dormi até o amanhecer, aquecido pelo feno mofado e pelo corpo de Ivan Akinfiev, meu vizinho, por acaso. De manhã, o cossaco acordou depois de mim.

— Está amanhecendo, graças a Deus — disse ele, e, sacando o revólver guardado debaixo de um baú, deu um tiro junto ao ouvido do diácono. O dito-cujo estava sentado na frente dele e conduzia os cavalos. Sobre o enorme crânio calvo esvoaçavam ralos cabelos cinzentos. Akinfiev tornou a atirar, desta vez junto ao outro ouvido, e guardou o revólver no coldre.

— Bom dia, Vânia! — disse ao diácono, calçando as botas e gemendo. — Que tal comermos alguma coisa?

— Rapaz — gritei —, o que está fazendo?

— Nada de mais — respondeu Akinfiev, tirando a comida —, faz três dias que ele está me embromando...

Então, lá da primeira carroça, Korotkov, que eu conhecera no 31º Regimento, deu sinal de vida e contou toda a história do diácono, desde o começo. Akinfiev escutava-o atentamente, com a mão em concha atrás da orelha; então tirou de debaixo da sela um pernil bovino, assado. Estava embrulhado num saco de estopa e sujo de palha.

O diácono deslizou da boleia até nós, cortou a carne esverdeada com uma faquinha e deu uma fatia a cada um. Terminada a refeição, Akinfiev embrulhou o pernil bovino no saco e escondeu-o no feno.

— Vânia — disse ele a Agguéiev —, vamos exorcizar os demônios. Temos mesmo que parar, os cavalos precisam beber...

Tirou do bolso um frasco e uma seringa de Tarnov, que entregou ao diácono. Desceram da carroça e andaram cerca de vinte passos no campo.

— Irmã — gritou Korotkov, lá da primeira carroça —, olhe para o outro lado, ou ficará ofuscada pelos dotes de Akinfiev.

— Até parece! — murmurou a mulher, virando-se.

Então, Akinfiev levantou a camisa. O diácono ajoelhou-se diante dele e aplicou a injeção. Em seguida, limpou a seringa com um trapo e examinou-a contra a luz. Akinfiev levantou as calças e, aproveitando a ocasião, postou-se atrás do diácono e deu-lhe outro tiro junto ao ouvido.

— O meu agradecimento, Vânia — disse, abotoando-se.

O diácono depositou o frasco na relva e levantou-se. Os cabelos ralos esvoaçavam.

— Serei julgado por um tribunal superior — disse ele, surdamente.

— Você, Ivan, não está acima de mim...

— Hoje em dia todos são juízes de todos — interveio o cocheiro da segunda carroça, que parecia ser um corcunda esperto. — E condena-se à morte com a maior naturalidade...

— Ou, melhor ainda: mate-me você mesmo, Ivan... — retrucou Agguéiev, endireitando-se.

— Não brinque com isso, diácono — disse Korotkov, que eu conhecia de outros tempos, aproximando-se dele. — Entenda com que tipo de homem está viajando. Outro teria torcido o seu pescoço como o de um pato, antes que você pudesse dar um pio, mas o que ele quer é espremer-lhe a verdade e dar-lhe uma lição, seu pope de araque...

— Ou, melhor ainda: mate-me você mesmo, Ivan... — repetiu obstinadamente o diácono, dando um passo à frente.

—Você mesmo é que vai se matar, carniça — respondeu Akinfiev, pálido e ciciante. — Você mesmo vai cavar a sua própria cova e enterrar-se nela...

Sacudiu os braços, rasgou o colarinho e desabou no chão, presa de um ataque.

— Ai, pedaço de mim! — pôs-se a gritar como um selvagem e a jogar areia no próprio rosto. — Ai, pedaço amargo de mim, meu poder soviético...

—Vânia — Korotkov aproximou-se dele, pousando com ternura a mão em seu ombro —, pare de se debater, meu amigo, não se aborreça. É hora de partir,Vânia...

Korotkov encheu a boca de água e borrifou-a sobre Akinfiev, depois levou-o para a carroça. O diácono tornou a sentar-se na boleia, e prosseguimos.

Não faltavam mais de duas verstas até a cidadezinha de Verba. Naquela manhã, inumeráveis comboios tinham se aglomerado no lugarejo. Estavam ali a 11ª, a 14ª e a Quarta Divisão. Judeus de coletes e ombros curvados permaneciam na soleira das casas, como pássaros depenados. Cossacos andavam pelos quintais, recolhiam toalhas e comiam ameixas verdes. Mal chegamos, Akinfiev meteu-se no meio do feno e adormeceu; eu peguei um cobertor e fui procurar um lugar à sombra. Mas o campo, de ambos os lados da estrada, estava coberto de excrementos. Um mujique barbudo, com óculos de aro de cobre e chapéu tirolês, que lia o jornal num canto, captou o meu olhar e disse:

— Dizemos que somos seres humanos, mas emporcalhamos os lugares mais do que os chacais. A terra se envergonha...

E, voltando-se, retomou a leitura do jornal através dos grandes óculos.

Dirigi-me então para a esquerda da floresta e avistei o diácono vindo apressado em minha direção.

— Aonde vai, paisano? — gritou-lhe Korotkov, lá da primeira carroça.

— Esticar as pernas — murmurou o diácono e, pegando minha mão, beijou-a. — O senhor é um homem bom — cochichou, trêmulo e ofegante, fazendo caretas. — Quando tiver um tempinho de folga, peço-lhe que escreva para a cidade de Kassímov, para que minha mulher possa derramar uma lágrima por mim...

—Você é surdo, padre diácono — gritei-lhe à queima-roupa.

— É ou não é?

— Perdão — respondeu ele —, perdão. — E esticou a orelha.

—Você é surdo, ou não é, Agguéiev?

— Completamente surdo — disse, apressado. — Até três dias atrás eu ouvia perfeitamente, mas, de tanto atirar, o camarada Akinfíev estragou os meus ouvidos. O camarada Akinfíev tinha a obrigação de me entregar em Rovno, mas acho pouco provável que eu chegue até lá...

E, caindo de joelhos, o diácono rastejou entre as carroças, com a cabeça para a frente, com seu cabelo ralo de pope todo eriçado. Então se levantou, desvencilhou-se das rédeas à sua volta e aproximou-se de Korotkov. Este deu-lhe um pouco de fumo, eles enrolaram os cigarros e um acendeu o do outro.

— Assim é melhor — disse Korotkov, abrindo espaço ao seu lado.

O diácono sentou-se ao lado dele, e os dois guardaram silêncio.

Então Akinfíev acordou. Tirou o pernil, cortou a carne verde com a faquinha e deu um pedaço a cada um. À vista daquele pernil podre, senti uma fraqueza, um desespero, e devolvi o meu pedaço.

— Adeus, rapazes — eu disse. — Boa sorte para vocês...

— Adeus — respondeu Korotkov.

Peguei minha sela na carroça e saí andando. Enquanto me afastava, ouvia o murmúrio interminável de Ivan Akinfíev.

— Vânia — dizia ele ao diácono —, você cometeu um grande erro. Só o meu nome já devia deixar você apavorado, mas você veio se meter na minha carroça. Azar o seu não ter pulado fora antes de topar comigo, agora você vai ver só, Vânia, ah, se vai...

Continuação da história de um cavalo

Faz quatro meses Savítski, nosso ex-*comdiv*, apoderou-se do corcel branco de Khlébnikov, comandante do Primeiro Esquadrão. Khlébnikov deixou o exército naquela época, mas hoje Savítski recebeu uma carta dele.

De Khlébnikov a Savítski

Já não posso guardar nenhum rancor do exército de Budiónni; compreendo meus sofrimentos nesse exército e os conservo no coração, que é mais puro que um santuário. E a você, camarada Savítski, como a um herói universal, a massa trabalhadora de Vitebsk, onde me encontro como presidente do Comitê Revolucionário do Distrito, envia-lhe o brado proletário: "Avante com a Revolução Mundial!", e deseja que aquele corcel branco passe longos anos sob seu traseiro, a galopar por caminhos suaves, em prol da liberdade por todos almejada e das repúblicas irmãs, nas quais devemos ficar de olho tanto no que se refere às autoridades nas aldeias, quanto no que se refere, do ponto de vista administrativo, às unidades de vólost...

De Savítski a Khlébnikov

Leal camarada Khlébnikov! A carta que me escreveu é muito louvável para a causa comum, ainda mais depois de sua estupidez em ter fechado os olhos a tudo, menos a seus interesses pessoais, e em ter abandonado o nosso Partido Comunista Bolchevique. Nosso Partido Comunista, camarada Khlébnikov, é uma férrea fileira de combatentes que dão o sangue na primeira fila, e quando escorre sangue do ferro, aí então, camarada, não é brincadeira não, é vencer ou morrer. Ocorre o mesmo com a causa comum, cuja alvorada não chegarei a ver, pois os combates são ferrenhos e devo substituir os quadros de comando a cada quinze dias. Faz um mês que venho lutando na retaguarda, defendendo o invencível Primeiro Exército de Cavalaria, e encontro-me sob o fogo cruzado dos fuzis, da artilharia e da aviação inimiga. Tardy foi morto, morto Lukhmánnikov, Lykotchenko morto, Gulevói morto, morto Trúnov, e já não tenho o corcel branco sob meu traseiro, de modo que, de acordo com os caprichos da sorte militar, não espere ver o seu querido comdiv *Savítski, camarada Khlébnikov; mas nos veremos, para ser franco, no reino dos céus, embora digam por aí que o velho lá no céu não tem reino nenhum, e sim um verdadeiro bordel, mas como na Terra não faltam blenorrágicos, é bem possível que não voltemos a nos ver. E com isso, camarada Khlébnikov, eu me despeço.*

A VIÚVA

Numa carroça-ambulância, Cheveliov, o comandante do regimento, está nas últimas. A seus pés há uma mulher sentada. A noite, atravessada pelos lampejos dos bombardeios, curva-se sobre o moribundo. Liovka, o cocheiro do *comdiv*, requenta a comida numa panelinha. O topete de Liovka pende sobre a fogueira, os cavalos amarrados fazem estalar as moitas. Liovka mexe na panela com um graveto e diz a Cheveliov, que se encontra deitado na ambulância:

— Eu, camarada, trabalhava na cidade de Tiúmrek, praticava equitação acrobática e também era atleta peso leve. A cidadezinha, naturalmente, era entediante para as mulheres, as moças me viam e davam em cima... "Liev Gavrílitch, queira aceitar um aperitivo à la carte, não lamente o tempo perdido, que ele não volta mais..." E lá fui eu para a taverna com uma delas. Pedimos duas porções de vitela, mais meia garrafa, ficamos ali sentados, bem quietinhos, bebendo... Olho e vejo aproximar-se de mim um certo senhor, bem-vestido até, asseado, mas noto tratar-se de uma pessoa que se dá muita importância, além de estar de pileque...

"Queira me desculpar", fala, "qual é a sua nacionalidade?"

"A troco de quê", pergunto, "vem o senhor implicar com a minha nacionalidade, ainda mais quando me encontro na companhia de uma dama?"

... E ele:

"Que espécie de atleta é você?... Na luta livre, tipos assim não demoram a virar saco de pancadas. Prove a sua nacionalidade..."

... Mesmo assim eu ainda não dou o braço a torcer, ora.

"Por que o senhor, de quem desconheço o nome e o patronímico, vem provocar tamanha confusão, fazendo com que, aqui e agora, alguém deva obrigatoriamente bater as botas, ou, melhor dizendo, dar o último suspiro?"

— O último suspiro... — repetiu Liovka, exaltado, erguendo os braços para cima, enquanto a noite o circundava como uma auréola. Um vento incansável, o vento puro da noite, cantava, prenhe de sons, embalando as almas. As estrelas reluziam na escuridão, e como anéis de noivado, caíam sobre Liovka, enredavam-se nos seus cabelos e apagavam-se em sua cabeça desgrenhada.

— Liev — sussurra-lhe de repente Cheveliov, com os lábios azulados —, venha cá. O ouro, todo ele, para Sachka — diz o ferido —, os anéis, os arreios, tudo é para ela. Vivemos como pudemos... quero recompensá-la. O uniforme, as ceroulas, a medalha por destemido heroísmo, para minha mãe no Tiérek. Mande tudo junto com uma carta e escreva nela: "O comandante manda lembranças, e nada de choro. A *khata* é sua, minha velha, e trate de viver a vida. Se mexerem com a senhora, recorra a Budiónni: sou a mãe de Cheveliov...". Doo meu cavalo Abramka ao regimento, doo o cavalo em memória da minha alma...

— Entendi quanto ao cavalo — murmurou Liovka, agitando os braços. — Sach — gritou à mulher —, ouviu o que ele disse?... Prometa diante dele que dará à velha o que é de direito...

— A mãe que vá para o quinto dos infernos — respondeu Sachka, embrenhando-se no matagal, com as mãos estendidas feito uma cega.

— Dará a parte do órfão? — Liovka alcançou-a e agarrou-a pelo pescoço. — Prometa diante dele...

— Darei. Me solta!

Então, tendo arrancado a promessa, Liovka tirou a panelinha do fogo e pôs-se a despejar o caldo na boca endurecida do moribundo. O *chtchi* escorria da boca de Cheveliov, a colher tinia de encontro a seus dentes brilhantes e mortos, enquanto as balas, com tristeza e força cada vez maiores, cantavam na densa vastidão noturna.

— Tiros de fuzil, cambada de porcos! — disse Liovka.

— Isso é coisa de aristocrata lambe-cu — respondeu Cheveliov. — Com as metralhadoras, estão abrindo o nosso flanco direito...

E, cerrando os olhos, com a dignidade de um defunto em cima da mesa, Cheveliov pôs-se a escutar o combate com suas grandes orelhas de cera. Ao seu lado, Liovka mastigava a carne, resmungando e ofegando. Terminada a carne, Liovka lambeu os beiços e arrastou Sachka para uma baixada.

— Sach — disse, trêmulo, arrotando e gesticulando —, Sach, Deus é testemunha, no mundo há mais pecado que gente... E a gente vive e morre só uma vez. Renda-se, Sach, hei de pagar-lhe, nem que seja com o meu sangue... O tempo dele acabou, Sach, mas os dias de Deus não têm fim.

Sentaram-se na relva alta. A lua vagarosa arrastou-se atrás das nuvens, pousando no joelho nu de Sachka.

— Vocês se aquecendo — sussurrou Cheveliov —, enquanto o inimigo deve ter posto a Décima Quarta Divisão para correr...

Liovka resmungava e arquejava no matagal. A lua nevoenta perambulava pelo céu feito uma mendiga. O tiroteio distante flutuava no ar. A barba de bode farfalhava na terra atormentada, e sobre a relva caíam as estrelas de agosto.

Mais tarde Sachka voltou a seu antigo posto. Pôs-se a trocar os curativos do ferido, erguendo a lanterna acima do ferimento gangrenado.

— Você vai embora amanhã — disse Sachka, enxugando Cheveliov, ensopado de suor frio. — Você vai embora amanhã: ela está em suas entranhas, a morte...

Nisso, uma explosão estrondosa e compacta chocou-se contra o chão. Quatro novas brigadas, postas em combate pelo comando unificado do inimigo, tinham disparado o primeiro obus sobre Busk e, interrompendo nossas comunicações, incendiaram a linha divisória do rio Bug. Dóceis incêndios irromperam no horizonte, os pássaros pesados dos bombardeios alçaram voo entre as chamas. Busk ardia, e Liovka disparou floresta adentro na carruagem bamboleante do *comdiv* 6. Ele puxava as rédeas escarlates e esbarrava as rodas envernizadas nos tocos. A ambulância de Cheveliov ia correndo atrás. Atenta, Sachka guiava os cavalos, que saltavam fora dos arreios.

Foi assim que chegaram à orla da floresta, onde ficava o posto de socorro. Liovka desatrelou os cavalos e foi pedir um xairel ao diretor. Atravessou a floresta atravancada de veículos. Os corpos das enfermeiras sobressaíam sob as carroças, um alvorecer tímido incidia sobre as peliças de carneiro dos soldados. As botas dos adormecidos estavam divaricadas, as pupilas voltadas para o céu, os fossos negros das bocas contorcidos.

O xairel foi arranjado com o diretor. Liovka voltou para junto de Cheveliov, beijou-lhe a testa e cobriu-o da cabeça aos pés. Então Sachka aproximou-se da ambulância. Atou o lenço no queixo e sacudiu a palha do vestido.

— Pávlik — disse ela. — Nosso Senhor Jesus Cristo. — E deitou-se ao lado do morto, cobrindo-o com seu corpo imenso.

— Como sofre! — disse então Liovka. — Ninguém poderá dizer que não viveram bem. Agora ela vai ficar de novo aos cuidados do esquadrão inteiro. Que dureza...

E seguiu adiante, até Busk, onde o Estado-Maior da Sexta Divisão de Cavalaria estava aquartelado.

Lá, a dez verstas da cidade, travava-se um combate contra os cossacos de Sávinkov. Os traidores lutavam sob o comando do *essaul* Iákovliev, que se bandeara para os poloneses. Lutavam corajosamente. Havia dois dias que o *comdiv* estava com os combatentes, e como Liovka não o encontrasse no Estado-Maior, voltou à *khata* que lhe servia de alojamento, limpou os cavalos, lavou as rodas da carruagem e foi dormir sob um telheiro. O barracão estava atulhado de feno fresco, penetrante como um perfume. Liovka acordou descansado e sentou-se para comer. A dona da casa tinha cozinhado batatas e cobriu-as com coalhada. Liovka já estava sentado à mesa quando soou na rua o clamor fúnebre das trompas e o tropel de muitos cascos. O esquadrão, com seus clarins e estandartes, percorria a tortuosa rua galiciana. O corpo de Cheveliov, posto numa carreta, estava coberto de bandeiras. Sachka seguia o féretro, montada no garanhão de Cheveliov, e uma canção cossaca respingava das últimas fileiras.

O esquadrão seguiu a rua principal e virou em direção ao rio. Então Liovka, descalço e sem chapéu, desatou a correr atrás do destacamento em retirada e segurou pela brida o cavalo do comandante do esquadrão.

Nem o *comdiv*, que tinha parado numa encruzilhada para prestar honras ao comandante morto, nem seu Estado-Maior ouviram o que Liovka estava dizendo ao comandante de esquadrão.

— As ceroulas — o vento nos trazia fragmentos de palavras —, mãe no Tiérek. — Ouvimos os gritos soltos de Liovka. Sem ouvi-lo até o fim, o comandante do esquadrão soltou as rédeas e apontou para Sachka. A mulher sacudiu a cabeça e prosseguiu.

Então Liovka saltou-lhe na sela, agarrou Sachka pelos cabelos, virou sua cabeça e desferiu-lhe um soco na cara. Sachka enxugou o sangue com a barra e prosseguiu. Liovka deslizou da sela, jogou o topete para trás e amarrou uma faixa vermelha na cintura. E os clarins ululantes conduziam o esquadrão sempre adiante, até a reluzente margem do Bug.

Liovka não demorou a nos alcançar, gritando com os olhos brilhantes:

— Fui acertar as coisas com ela... Vou mandar para a mãe, diz, quando der. A memória dele, diz, eu mesma guardo. Pois que guarde, só não vá esquecer, sua víbora... Se você esquecer, eu te ajudo a lembrar de novo. Se tornar a esquecer, torno a lembrar.

Zámostie

O *comdiv* e seu Estado-Maior estavam deitados num campo ceifado a três verstas de Zámostie. As tropas deviam atacar a cidade à noite. A ordem do exército exigia que pernoitássemos em Zámostie, e o *comdiv* esperava notícias de vitória.

Chovia. Vento e escuridão encobriam a terra empapada. Inchadas de tinta, as nuvens apagavam as estrelas. Os cavalos, estafados, resfolegavam e pateavam nas trevas. Nada havia para lhes dar. Atei a brida do cavalo no meu pé, embrulhei-me no capote e deitei numa cova cheia d'água. A terra encharcada envolveu-me num tranquilizante abraço de túmulo. O cavalo puxou a brida e arrastou-me pelo pé. Tinha encontrado uma moita de capim e começara a tosá-la. Então adormeci e sonhei com um telheiro forrado de feno. Acima dele zunia o ouro poeirento da debulha. Espigas de trigo voavam pelo céu, o dia de julho ia beirando o anoitecer, as brenhas do crepúsculo tombavam sobre o vilarejo.

Estava estendido no meu silencioso leito, e a carícia do feno na minha nuca me fazia enlouquecer. Então as portas do palheiro abriram-se com um rangido. Uma mulher com vestido de baile aproximou-se. Tirou um seio das rendas negras do corpete e me ofereceu com todo o cuidado, como uma ama de leite. Pousou o seu peito sobre o meu. Uma tepidez enlanguescedora abalava-me os alicerces da alma, e gotas de suor, um suor vivo e corrediço, começaram a ferver entre o nosso peito.

"Margot", queria gritar, "a terra está me puxando pela corda de suas desgraças, como a um cão empacado, mas apesar de tudo eu a vi, Margot..."

Eu queria gritar isso, mas meus maxilares, contraídos por um frio súbito, não se separavam.

Então, a mulher afastou-se de mim e caiu de joelhos.

— Jesus — disse ela —, recebei a alma do Vosso falecido servo...

Ela colocou duas velhas moedas de cinco copeques sobre minhas pálpebras e encheu a cavidade da minha boca de feno perfumado. Em vão, um gemido tentava escapar pela abertura dos meus maxilares cerrados, as pupilas apagadas reviravam lentamente sob os cobres, eu não conseguia separar as mãos e... acordei.

Um mujique de barba emaranhada estava deitado à minha frente. Tinha um fuzil nas mãos. O lombo do meu cavalo cortava o céu como uma trave preta. O nó corredio da brida apertava-me o pé suspenso no ar.

—Você estava dormindo, patrício — disse o mujique, e sorriu com os olhos noturnos, insones —, e o cavalo o arrastou por quase meia versta...

Desatei a correia e levantei-me. No meu rosto, arranhado pelas ervas daninhas, o sangue escorria.

Bem ali, a dois passos de nós, estendia-se a linha de frente. Podia ver as chaminés de Zámostie, as luzes furtivas nos desfiladeiros do gueto e a torre de vigia com um lampião quebrado. O amanhecer úmido inundava-nos como ondas de cloroformio. Foguetes verdes alçavam-se sobre o acampamento polonês. Eles espocavam no ar, despetalavam-se sob a lua feito rosas e apagavam.

E, no silêncio, ouvi o sopro distante de um gemido. A fumaça de um assassínio secreto nos rondava.

— Estão matando alguém — disse eu. — Quem será?...

— A polonesada não dá sossego — respondeu o mujique —, está fazendo picadinho dos judeus...

O mujique passou o fuzil da mão direita para a esquerda. Sua barba pendia totalmente para um lado; ele me fitou com afeto e disse:

— São longas as noites na linha de frente, não acabam nunca. E a gente tem vontade de conversar com outra pessoa, mas onde arranjar alguém?

O mujique fez-me acender o cigarro no dele.

—Todos culpam os judeus — disse ele —, tanto os nossos quanto os seus. Sobrarão bem poucos depois da guerra. Quantos judeus há no mundo?

— Uns dez milhões — respondi, começando a arrear o cavalo.

— Sobrarão duzentos mil! — exclamou o mujique, tocando em meu braço, com receio de que eu fosse embora. Mas eu montei na sela e galopei até o lugar onde estava o Estado-Maior.

O *comdiv* já se preparava para partir. Os ordenanças estavam à frente, em posição de sentido, dormindo em pé. Os esquadrões desmontados se arrastavam pelos montículos molhados.

— Estamos bem arranjados — murmurou o *comdiv*, e partiu.

Nós o seguimos pela estrada, rumo a Sitanietz.

Voltou a chover. Ratos mortos flutuavam ao longo das estradas. O outono assediava os nossos corações, e as árvores, cadáveres nus, plantados sobre os pés, balançavam nas encruzilhadas.

Chegamos a Sitanietz de manhã. Eu ia com Vólkov, furriel do Estado-Maior. Ele nos arranjou uma cabana livre nos limites da aldeia.

— Vinho — disse eu à dona da casa —, vinho, carne e pão!

A velha estava sentada no chão, dando de comer na palma da mão a um bezerro escondido embaixo da cama.

— Tem nada, não — respondeu, indiferente. — Já nem lembro mais quando teve...

Sentei-me à mesa, tirei o revólver e adormeci. Quinze minutos depois, abri os olhos e dei com Vólkov inclinado sobre o parapeito da janela. Escrevia uma carta à noiva.

"Estimada Vália", escrevia, "será que ainda se lembra de mim?"

Li a primeira linha, depois tirei os fósforos do bolso e ateei fogo a um monte de palha que havia no chão. A chama liberada começou a brilhar, projetando-se em minha direção. A velha debruçou-se sobre o fogo, apagando-o com o peito.

— O que está fazendo, *pan*? — disse a velha, afastando-se, horrorizada.

Vólkov virou-se, fitou a velha com um olhar inexpressivo e voltou à carta.

— Meto fogo em você, velha — resmunguei, morto de sono —, em você e no bezerro que você roubou.

— Pera aí! — gritou bem alto a dona da casa. Correu até a entrada e voltou com uma jarra de leite e pão.

Não tínhamos conseguido comer nem a metade quando tiros começaram a espocar no quintal. Saraivadas de tiros. Espocaram por tanto tempo que até nos cansaram. Acabamos com o leite, e Vólkov saiu ao quintal para saber o que estava acontecendo.

— Selei o seu cavalo — disse-me, pela janela. — O meu parece uma peneira, de tanto tiro que levou. Os poloneses estão armando as metralhadoras a cem passos daqui.

Ficamos reduzidos a um cavalo. A montaria mal deu conta de nos tirar de Sitanietz. Eu ia na sela; Vólkov, na garupa.

Os comboios corriam, rangiam e atolavam na lama. A manhã evaporava-se de nós como o clorofórmio da mesa do hospital.

— Você é casado, Liútov? — perguntou Vólkov à queima-roupa, montado na garupa.

— Minha mulher me abandonou — respondi; cochilando por alguns instantes, sonhei que estava dormindo numa cama.

Silêncio.

Nosso cavalo cambaleava.

— Esta égua não vai aguentar mais de duas verstas — diz Vólkov, montado na garupa.

Silêncio.

— Perdemos a campanha — resmunga Vólkov, e começa a roncar.

— É — digo eu.

Traição

"Camarada investigador Burdienko. Respondendo à sua pergunta, informo que meu número de filiação é 24 00, concedido a Nikita Balmachov pelo Comitê do Partido de Krasnodar. Minha vida até 1914 pode ser definida como doméstica, pois me dediquei ao cultivo do trigo com meus pais, e do cultivo do trigo passei às fileiras dos imperialistas, para defender o cidadão Poincaré e o carrasco da revolução alemã Ebert-Noske,* os quais, ao que tudo leva a crer, estavam dormindo e sonharam com um modo de socorrer a minha aldeia natal, Santo Ivan, distrito do Kuban. E assim caminhavam as coisas até que o camarada Lênin mais o camarada Trótski desviaram minha encarniçada baioneta, indicando-lhe a tripa predestinada e o epíploo mais conveniente. Desde então, trago o número 24 00 na ponta da minha vigilante baioneta, e a mim muito me envergonha, tanto quanto me faz rir, camarada investigador Burdienko, vir você agora com essa empulhação mirabolante sobre o desconhecido hospital de N. Não atirei contra o referido hospital e não o ataquei, nem teria sido possível uma coisa dessas. Os três estávamos feridos, isto é, o soldado Golovítsyn, o soldado Kústov e eu; estávamos ardendo em febre e não atacamos, só fazíamos chorar ali na praça, metidos em camisolões de hospital, em meio à população civil de nacionalidade judaica. E quanto às três vidraças que danificamos com o revólver de um oficial, digo-lhe do fundo do coração que elas não cumpriam sua função, pois se encontravam num depósito, onde não tinham qualquer serventia. E o doutor Jawein, assistindo ao nosso desolado tiroteio, não se fartava de caçoar, dando muitas risadas, lá da janelinha do hospital dele, fato este que também pode ser confirmado pelos supracitados judeus civis do povoado de Kózin. Sobre o doutor Jawein, camarada investigador, eu lhe fornecerei ainda o seguinte material: ele caçoou quando os três feridos, isto é, o soldado Golovítsyn, o soldado Kústov e eu, aparecemos pela primeira vez para sermos tratados. E desde as primeiras palavras

---

* Balmachov confunde numa só pessoa o presidente da Alemanha F. Ebert (1871-1925), que governou de 1919 a 1925, e seu ministro da Guerra, G. Noske (1868-1946). [N.T.]

nos declarou, com toda a sua grosseria: 'Vocês, soldados, tratem de ir tomar banho, livrem-se imediatamente de suas armas e roupas, pois receio que possam contagiar; elas irão sem falta para o meu depósito... Daí, ao ver diante de si uma fera e não um ser humano, o soldado Kústov adiantou-se com sua perna esfacelada, perguntou que raio de contágio podia haver num sabre afiado do Kuban, a não ser para os inimigos da nossa revolução, e demonstrou seu interesse em saber do tal depósito, se as coisas lá eram realmente vigiadas por algum soldado do partido, ou, ao contrário, por alguém da massa dos sem-partido. Foi então, evidentemente, que o doutor Jawein percebeu que podíamos compreender muito bem o que significava traição. Ele nos deu as costas e, sem outras palavras, mas com muitas risadinhas, mandou-nos à enfermaria, para onde fomos coxeando, agitando os braços estropiados e apoiando-nos uns nos outros, pois somos conterrâneos, de Santo Ivan os três, isto é, o camarada Golovítsyn, o camarada Kústov e eu, e somos conterrâneos com o mesmo destino; quem arrebentou a perna se agarra no braço do camarada, quem perdeu o braço se apoia no ombro do camarada. De acordo com a ordem recebida, chegamos à enfermaria, onde esperávamos ver o setor cultural em ação e dedicação à causa; mas interessa saber o que foi que vimos ao entrar na enfermaria? Vimos soldados do Exército Vermelho, todos da infantaria, sentados em camas bem-arrumadas, jogando damas e, perto deles, enfermeiras de estatura elevada, roliças, esbanjando simpatia à janela. Ao vermos aquilo, estacamos como que fulminados por um raio.

— Já estão fora de combate, rapazes? — exclamei para os feridos.

— Estamos — responderam os feridos, movendo as peças, feitas de miolo de pão.

— É cedo — falei a um dos feridos. — É cedo para você, um soldado da Infantaria, estar fora de combate, quando, a quinze verstas do povoado, pisando leve, o inimigo avança, e quando se pode ler no jornal O *Cavalariano Vermelho* que a nossa situação internacional é um terror, que o horizonte está carregado de nuvens.

Mas as minhas palavras tombaram sobre a heroica Infantaria como fezes de ovelha sobre o tambor do regimento, e, em vez de termos uma discussão geral, o resultado foi que as irmãs de caridade nos levaram até as tarimbas e vieram de novo com a ladainha de entregar as armas, como se já tivéssemos sido vencidos. Impossível dizer o quanto isso irritou Kústov, e o soldado começou a cutucar o ferimento que tinha no ombro esquerdo, bem acima do seu coração sangrento de soldado e proletário. Ao ver esse gesto de desespero, as enfermeiras se calaram, mas não por muito tempo, e logo retomaram suas zombarias típicas da massa sem-partido, e puseram-se a mandar voluntários até nós, que já estávamos sonolentos, para tirarem nossos uniformes, ou para nos obrigarem, como ação do setor cultural, a representar papéis teatrais, vestidos de mulher, o que é indecoroso.

Irmãs de descaridade, isso sim! Por causa dos uniformes, mais de uma vez vieram elas com seus pozinhos para dormir, de modo que passamos a descansar por turnos, sempre com um olho aberto, e à latrina, até mesmo para uma pequena necessidade, só íamos de uniforme completo, incluindo os revólveres. Depois de ter sofrido desse jeito por uma semana e um dia, começamos a delirar, tivemos alucinações e, finalmente, ao despertarmos naquela malfadada manhã de 4 de agosto, constatamos a mudança: lá estávamos nós, deitados, de camisolão numerado, como os forçados, sem as armas e sem as roupas brancas, tecidas por nossas mães, frágeis velhinhas do Kuban... O sol, nós vemos, brilha majestoso, e a infantaria das trincheiras, no meio da qual os três cavalarianos vermelhos penavam, zomba de nós juntamente com as irmãs de descaridade que, tendo nos dado na véspera o pozinho para dormir, agora sacodem os peitos jovens e servem pratadas de chocolate nadando no leite! Para a diversão desse circo de cavalinhos, os da infantaria batem suas muletas com um estrondo de dar medo e beliscam nossos flancos como se fôssemos mulheres da vida, como a dizer que o Primeiro Exército de Cavalaria de Budiónni também já estava fora de combate. Mas não, camaradas dos cabelos encaracolados, que de tanto encher o bandulho de noite disparam que nem metralhadoras, não está fora de combate, e depois de pedirmos licença, como que para satisfazer uma necessidade, saímos os três para o pátio, e dali, febris e com as feridas arroxeadas, nos dirigimos ao cidadão Beudermann, presidente do Comitê Revolucionário, sem o qual, camarada investigador Burdienko, toda aquela confusão do tiroteio provavelmente não teria existido, quer dizer, sem esse presidente do Comitê Revolucionário que nos fez perder as estribeiras. E embora a gente não possa produzir um material consistente contra o cidadão Beudermann, o caso é que, ao procurar o presidente do Comitê Revolucionário, chamou nossa atenção dar com um cidadão entrado em anos, de nacionalidade judaica, metido numa peliça, que estava sentado a uma mesa,

mesa essa atulhada de papéis, o que não era nada bonito de se ver... O cidadão Beudermann olha ora para um lado, ora para outro, e dá para ver que ele não consegue entender nada daquela papelada, que fica inconsolável diante da papelada toda, ainda mais com combatentes desconhecidos mas dignos aproximando-se ameaçadoramente do cidadão Beudermann, em busca de rações, ao mesmo tempo que trabalhadores locais denunciam os contras dos vilarejos vizinhos, em que operários comuns do centro aparecem querendo se casar no Comitê Revolucionário o mais depressa possível e sem demoras burocráticas... De modo que nós também expusemos em voz alta o caso de traição no hospital, mas o cidadão Beudermann só fez arregalar os olhos para a gente, tornando a olhar ora para um lado, ora para outro, e nos deu tapinhas nas costas, o que não é nem sinal de autoridade nem muito menos digno de uma autoridade, e não nos deu nenhuma resolução, limitando-se a declarar: camaradas soldados, se têm algum respeito pelo poder soviético, retirem-se deste estabelecimento, com o que não pudemos concordar, ou seja, em nos retirarmos do estabelecimento, porém exigimos um certificado de identidade para cada um e, ao não receber coisa nenhuma, perdemos a cabeça. Perdendo a cabeça, fomos até a praça diante do hospital, onde desarmamos a milícia composta de um único homem a cavalo e, banhados em lágrimas, destruímos as três insignificantes vidraças no supracitado depósito. O doutor Jawein, diante desse fato inadmissível, fazia caretas e gracinhas, e isso tudo quatro dias antes de o camarada Kústov morrer por causa de sua doença!

Em sua curta vida de soldado Vermelho, o camarada Kústov não cansou de se preocupar com a traição, que pisca para a gente de alguma janelinha e que caçoa do proletariado ignorante, mas o proletariado, camarada, ele próprio sabe que é ignorante, e isso nos magoa, a alma se incendeia e com o fogo rompe a prisão do corpo...

É como lhe digo, camarada investigador Burdienko, a traição zomba de nós por uma janelinha qualquer, a traição anda descalça pela nossa casa, a traição tira os sapatos para que não estalem as tábuas do assoalho da casa assaltada..."

Tchésniki

A Sexta Divisão estava concentrada numa floresta, nos arredores da aldeia de Tchésniki, à espera do sinal para atacar. Mas Pávlitchenko, o *comdiv* 6, aguardava a Segunda Brigada e não dava o sinal. Foi quando Vorochílov aproximou-se e, forçando o focinho de seu cavalo contra o peito do comandante, disse-lhe:

— Estamos perdendo tempo, *comdiv* seis, estamos perdendo tempo.

— A Segunda Brigada — retrucou Pávlitchenko, com voz abafada —, de acordo com suas ordens, dirige-se a galope para o centro das operações.

— Estamos perdendo tempo, *comdiv* seis, estamos perdendo tempo — disse Vorochílov, e puxou as rédeas.

Pávlitchenko retrocedeu um passo.

— Seja consciente — gritou, pondo-se a torcer os dedos úmidos —, seja consciente, camarada Vorochílov, e não me apresse...

— Como não apressar você? — murmurou Klim Vorochílov, membro do Comitê Militar Revolucionário, e fechou os olhos. A cavalo, com os olhos entrecerrados, permaneceu em silêncio, mexendo os lábios. Um cossaco de alpargatas e chapéu-coco fitava-o perplexo. Esquadrões a galope rumorejavam feito o vento na floresta, quebrando galhos. Vorochílov alisava a crina de seu cavalo com a Mauser.

— Comandante do Exército — gritou, dirigindo-se a Budiónni —, diga às tropas uma palavra de estímulo. Lá está o polaco, plantado no topo da colina, plantado, como num quadro, a zombar do comandante!...

De fato, com o binóculo era possível avistar os poloneses. O Estado-Maior do exército montou a cavalo, e os cossacos começaram a acorrer de todos os lados.

Ivan Akinfiev, ex-cocheiro do Tribunal Revolucionário, passou por mim e me tocou com o estribo.

— Você nas fileiras, Ivan? — perguntei. — Mas se nem costelas você tem...

— Pouco me importam as costelas... — respondeu Akinfiev, montado meio de lado no cavalo. — Deixe-me ouvir o que o homem tem a dizer.

Ele seguiu adiante e foi se introduzindo até ficar cara a cara com Budiónni. Este estremeceu e disse em voz baixa:

— Rapaziada, estamos em má situação, é preciso ter mais brio, rapaziada...

— A Varsóvia! — pôs-se a gritar o cossaco de alpargatas e chapéu-coco, esbugalhando os olhos e cortando o ar com o sabre.

— A Varsóvia! — pôs-se a gritar Vorochílov, fazendo o cavalo empinar e precipitando-se para o meio dos esquadrões.

— Soldados e comandantes! — exclamou, entusiasmado. — Em Moscou, na antiga capital, luta um poder nunca visto. O governo dos operários e dos camponeses, o primeiro do mundo, ordena a todos vocês, soldados e comandantes, que ataquem o inimigo e alcancem a vitória.

— Sabres a postos...

Pávlitchenko começou a cantar ao longe, atrás do Comandante do Exército, e seus lábios rubros e protuberantes brilhavam cheios de espuma em meio às fileiras. O capote vermelho do *comdiv* estava em farrapos, e o rosto, repulsivo e carnudo, estava desfigurado. Com a lâmina de seu precioso sabre, ele prestou honras a Vorochílov.

— De acordo com o dever que me foi imposto pelo juramento revolucionário — disse o *comdiv* 6, pigarreando e olhando ao redor —, eu anuncio ao Comitê Militar Revolucionário da Primeira Cavalaria: a invencível Segunda Brigada de Cavalaria acaba de chegar a galope ao centro das operações.

— Avante — respondeu Vorochílov, com um aceno de mão.

Soltou as rédeas, Budiónni cavalgou a seu lado. Ambos iam montados em enormes éguas alazãs, lado a lado, com túnicas idênticas e calças lustrosas, bordadas em prata. Os soldados os seguiam com um coro de brados e um aço pálido cintilava na sânie do sol de outono. Mas eu não percebi unanimidade nos brados cossacos e, à espera do ataque, me embrenhei nas profundezas da floresta até o posto de provisões.

Jazia ali, delirando, um soldado Vermelho ferido, e Stiopka Dúplichtchev, um cossaquinho briguento, passava a almofaça no puro-sangue Furacão, que pertencia ao *comdiv* e descendia de Liuliucha, uma campeã de Rostov. Atropelando as palavras, o ferido lembrava-se de Chuia, de uma novilha e de umas estopas de linho, enquanto Dúplichtchev, para sufocar aquele murmúrio irritante, cantava a canção do ordenança e da generala gorda, cantava cada vez mais alto e, brandindo a almofaça, passava-a no cavalo. Porém, foi interrompido por Sachka, a corpulenta Sachka, a dama de todos os esquadrões. Ela se aproximou do rapaz e apeou.

— Num vamo fazê aquilo? — perguntou Sachka.

— Dá o fora — respondeu Dúplichtchev, virando-lhe as costas e pondo-se a trançar a crina do Furacão com fitas.

—Você é dono do próprio nariz, Stiopka — perguntou Sachka —, ou num passa de pau-mandado?

— Dá o fora — respondeu Stiopka —, sou dono do meu nariz. — Ele trançou todas as fitas na crina e, de repente, gritou desesperado para mim: — Aí está, Kirill Vassílievitch, é só prestar um pouquinho de atenção para ver como ela me provoca. Tem um mês inteiro que ela me faz comer o pão que o diabo amassou. Para onde quer que eu me vire, lá está ela; pra onde quer que eu vá, é ela quem me aparece pelo caminho: que lhe empreste o garanhão, que lhe empreste o garanhão. Isso quando o *comdiv* vive me ordenando: "Stiopka", diz ele, "muita gente virá lhe pedir o garanhão emprestado, mas não o deixe cobrir antes dos quatro anos..."

— Vocês podem cobrir antes dos quinze anos, que ninguém fala nada — resmungou Sachka, afastando-se. — Aliás, vocês vivem aprontando...

Ela caminhou até sua égua, apertou a cilha e preparou-se para partir.

As esporas tilintavam em seus sapatos, as meias rendadas estavam respingadas de lama e ornadas de feno, seus peitos monstruosos derramavam-se pelos flancos.

— Tinha até trazido um rublo — disse Sachka, sem se dirigir a ninguém, e colocou um pé com espora no estribo. — Tinha trazido, mas vou ter que levar de volta.

A mulher sacou duas moedas de meio rublo, novinhas em folha, brincou com elas na palma da mão e tornou a escondê-las no seio.

— Num vamo fazê aquilo? — perguntou então Dúplichtchev, sem desgrudar os olhos da prata e conduzindo o garanhão.

Sachka escolheu um declive na clareira e deixou a égua ali.

— Até parece que você é o único na face da Terra que tem um garanhão — disse ela a Stiopka, enquanto conduzia Furacão —, mas é que a minha eguinha está servindo ao exército, e já faz dois anos que não é coberta, daí, pensei: é hora de arranjar um puro-sangue...

Sachka conseguiu do garanhão o que queria e depois levou a égua para um lado.

— Pronto, o recheio você já tem, garota — sussurrou ela, beijando a égua nos equinos beiços, úmidos e malhados, dos quais escorriam filetes de saliva. Esfregou-se contra o focinho do cavalo e pôs-se a prestar atenção num ruído que retumbava na mata.

— É a Segunda Brigada que vem a galope — disse Sachka em tom severo, e virou-se para mim. — Temos que ir, Liútytch...

— A galope ou a trote — gritou Dúplichtchev, com a voz estrangulada —, trate de me dar o dinheiro...

— Só porque você quer — murmurou Sachka, montando na égua.

Lancei-me em seu encalço e seguimos a galope. Às nossas costas ressoaram os brados de Dúplichtchev e o estalido ligeiro de um tiro.

— Tratem de prestar um pouquinho de atenção! — berrou o cossaquinho, correndo pela floresta com todas as suas forças.

O vento saltava por entre os ramos feito uma lebre enlouquecida, a Segunda Brigada passava voando através dos carvalhos da Galícia, a poeira impassível do bombardeio pairava sobre a terra feito fumaça sobre uma pacífica *khata*. E ao sinal do *comdiv* partimos para o ataque, o inesquecível ataque a Tchésniki.

Depois da batalha

A história da minha disputa com Akinfíev é a seguinte:
No dia 31 deu-se o ataque a Tchésniki. Os esquadrões estavam concentrados na floresta próxima à aldeia e às seis da tarde lançaram-se sobre o inimigo. Ele nos esperava numa elevação a três verstas de distância. Galopamos essas três verstas em cavalos extremamente cansados e, ao subir a colina, avistamos uma muralha mortal de uniformes pretos e rostos pálidos. Eram os cossacos que nos traíram no início da campanha polonesa e com os quais o *essaul* Iákovliev formara uma brigada. Tendo disposto seus cavaleiros num quadrado, o *essaul* esperava por nós com o sabre desembainhado. Em sua boca reluzia um dente de ouro, a barba negra repousava-lhe no peito como um ícone sobre um defunto. As metralhadoras do adversário faziam fogo a vinte passos, feridos tombaram em nossas fileiras. Nós os pisoteamos e colidimos com o inimigo, mas o quadrado não cedeu, então fugimos.

Foi assim que os soldados de Sávinkov alcançaram uma vitória efêmera sobre a Sexta Divisão. E alcançaram porque o atacado não desviou a cara diante da avalanche dos esquadrões atacantes. Dessa vez o *essaul* manteve-se firme e nós fugimos, sem manchar as espadas com o sangue infame dos traidores.

Cinco mil homens, toda a nossa divisão, dispararam ladeira abaixo, sem ninguém no encalço. O inimigo permaneceu no alto da colina. Não acreditou em sua inverossímil vitória e não se decidia à perseguição. Por isso permanecemos vivos, e precipitamo-nos sem baixas até o vale, onde Vinográdov, o *compoldív* 6, veio ao nosso encontro. Vinográdov agitava-se sobre seu enfurecido corcel, mandando os cossacos fugitivos de volta ao combate.

— Liútov — gritou ele ao me avistar —, faça os soldados voltarem, ou diga adeus à vida!...

Vinográdov batia no garanhão irrequieto com a coronha da Mauser, ganindo e intimando os homens. Livrei-me dele e aproximei-me do quirguiz Gulímov, que cavalgava ali por perto.

— Para cima, Gulímov — disse eu —, vire o cavalo...

— Vire você o rabo da sua égua — respondeu Gulímov, olhando para trás. Olhou furtivamente, atirou e chamuscou os cabelos acima da minha orelha.

— Vire a sua — murmurou Gulímov, agarrou-me pelo ombro e começou a sacar o sabre com a outra mão. O sabre estava bem preso à bainha, o quirguiz tremia e espreitava ao redor. Ele enlaçava o meu ombro, inclinando a cabeça cada vez mais perto.

— A sua na frente — repetia ele, bem baixinho —, a minha vai atrás...

Bateu de leve no meu peito com a lâmina do sabre desembainhado. Senti náusea diante da proximidade e da opressão da morte, afastei com a palma da mão o rosto do quirguiz, quente feito pedra ao sol, e o arranhei o mais profundamente que pude. O sangue cálido começou a afluir sob minhas unhas, provocando cócegas. Afastei-me de Gulímov, ofegante como ao fim de um longo percurso. Meu atormentado amigo, o cavalo, seguia a passo. Cavalguei sem enxergar o caminho, cavalguei sem me virar, até que encontrei Vorobiov, o comandante do Primeiro Esquadrão. Vorobiov procurava seus intendentes e não os encontrava. Chegamos juntos à aldeia de Tchésniki e fomos nos sentar numa vendinha com Akinfiev, o ex-cocheiro do Tribunal Revolucionário. Sachka, a enfermeira do 31º Regimento de Cavalaria, passou por ali, e dois comandantes sentaram-se na vendinha. Esses comandantes tiravam um cochilo, sem trocar palavras. Um deles, contundido, balançava descontroladamente a cabeça e piscava um olho esbugalhado. Sachka foi ao hospital informar sobre ele e depois voltou para junto de nós, puxando a montaria pela brida. A égua empacava e patinava com as patas no barro molhado.

— Que bons ventos a trazem aqui? — perguntou Vorobiov à enfermeira. — Sente-se conosco, Sach...

— Eu é que não vou me sentar com vocês — respondeu Sachka, batendo na barriga da égua —, não vou...

— Como assim? — gritou Vorobiov, rindo. — Por acaso desistiu de tomar chá com os homens?

— Pelo menos com você — retrucou a mulher ao comandante, arremessando as rédeas para longe. — Desisti de tomar chá com você, Vorobiov, porque hoje eu vi que tipo de heróis são vocês, e também vi a sua falta de dignidade, comandante...

— Se viu — resmungou Vorobiov —, então tinha que ter atirado...

— Atirar?! — perguntou Sachka, exasperada, arrancando da manga a divisa do hospital. — É com isso que eu ia atirar?

Nisso, achegou-se Akinfiev, o ex-cocheiro do Tribunal Revolucionário, com quem eu tinha antigas contas a acertar.

— Não dava pra você atirar, Sáchok — disse ele, em tom apaziguador —, ninguém está querendo culpá-la por isso. Eu quero é culpar os que se metem na briga sem pôr balas no revólver... Você foi ao ataque — gritou-me Akinfiev de repente, e um espasmo percorreu-lhe o rosto —, você foi e não pôs as balas no revólver... Por que razão?

— Me deixe em paz, Ivan — disse a Akinfiev, mas ele não deixou e partiu para cima de mim, todo contorcido, epiléptico e sem costelas.

— A polonesada atrás de você, e você, nada... — resmungava o cossaco, agitando-se e contorcendo o quadril quebrado. — Por que razão?

— A polonesada atrás de mim — respondi na bucha —, e eu, nada...

— Então você é um *molokan*? — murmurou Akinfiev, dando um passo atrás.

— Então eu sou um *molokan* — disse eu, mais alto do que antes.

— O que lhe importa?

— O que me importa é a sua confissão! — pôs-se a gritar Ivan com um triunfo selvagem. — É isso o que me importa, porque eu tenho uma lei escrita para os *molokan:* devem ser fuzilados, pois adoram a Deus...

Formou-se uma multidão, o cossaco não parava de vociferar contra os *molokan*. Tentei me desvencilhar, mas ele me alcançou e deu-me um murro nas costas.

— Você não pôs as balas — sussurrou Akinfiev, com a voz cada vez mais baixa e bem perto da minha orelha, tentando ao mesmo tempo rasgar minha boca com seus dedos enormes —, você adora a Deus, traidor...

Ele puxava e dilacerava a minha boca, eu empurrava o epiléptico e esmurrava-lhe a cara. Akinfiev caiu no chão, de lado, e, ao cair, o sangue escorria.

Então Sachka aproximou-se dele balançando os peitos. A mulher derramou água no rosto de Ivan e arrancou-lhe um dente comprido, que balançava na boca negra, feito bétula em estrada deserta.

— Os galos só pensam nisto: um esmurrar o focinho do outro — disse Sachka —, mas quando vejo coisas como as que vi hoje, minha vontade é fechar os olhos...

Ela disse isso com amargura e levou o ferido Akinfiev consigo, enquanto eu fui me arrastando, aos escorregões, até a aldeia de Tchésniki, embaixo da incansável chuva da Galícia.

A aldeia flutuava e inchava, o barro púrpura escorria de suas fastidiosas feridas. A primeira estrela brilhou acima da minha cabeça e mergulhou nas nuvens. A chuva açoitou os salgueiros e amainou. A tarde alçou voo para o céu, como um bando de pássaros, e a escuridão cingiu-me com sua coroa úmida. Eu estava exausto e, curvado sob a funérea coroa, segui adiante, implorando ao destino a mais simples das faculdades: a de matar um ser humano.

A canção

Quando nos alojamos no povoado de Budiátitchi, coube-me uma hospedeira perversa. Ela era viúva, era pobre; arrombei todos os ferrolhos de sua despensa, mas não encontrei nenhum tipo de criação.

Só me restava agir com astúcia e, certa vez, voltando cedo para casa, antes de o sol se pôr, vi a mulher fechar a porta do forno ainda quente. Pairava na *khata* um cheiro de *chtchi,* e talvez houvesse carne na sopa. Tinha farejado carne no *chtchi* e pousei o revólver em cima da mesa, mas a velha negava. Uma convulsão tomou conta de seu rosto e dos dedos enegrecidos. De cara fechada, olhava para mim com espanto e um ódio surpreendente. Porém nada disso iria salvá-la, e eu a teria ameaçado com o meu revólver, não fosse a intromissão de Sachka Koniáiev, aliás, Sachka, o Cristo.

Ele entrou na isbá com uma sanfona debaixo do braço; suas belas pernas dançavam dentro das botas estropiadas.

—Vamos tocar algumas canções — disse, erguendo para mim seus olhos repletos de gelos azuis de sonho. — Vamos tocar algumas canções — disse Sachka, sentando-se no banco e executando um prelúdio.

Meditativo, esse prelúdio parecia vir de muito longe: o cossaco o interrompeu, carregando de enfado os olhos azuis. Virou-se e, sabendo como me agradar, atacou uma canção do Kuban.

"Estrela dos campos", começou, "estrela dos campos sobre a casa paterna, e de minha mãe a mão aflita..."

Eu adorava essa canção. Sachka sabia disso, porque juntos, ele e eu, a tínhamos escutado pela primeira vez em 19, no delta do Don, no vilarejo de Kagálnitsk.

Um caçador, que exercia suas atividades numa reserva, tinha nos ensinado a canção. Lá na reserva, os peixes desovam e encontram-se inúmeros bandos de pássaros. Nos braços do delta, os peixes se reproduzem numa abundância extraordinária, pode-se apanhá-los com baldes ou simplesmente com as mãos, e quando se põe um remo dentro d'água, ele fica em pé, os peixes o sustêm e o carregam consigo. Vimos isso com os nossos próprios olhos e jamais esqueceremos a reserva de Kagálnitsk. A caça tinha sido proibida ali por todos os regimes, e era justa a proibição, mas em 19 havia uma guerra cruel no delta, e o caçador Iákov, que exercia suas atividades ilegais à vista de todos, para que continuássemos a fazer vista grossa, deu uma sanfona de presente a Sachka, o Cristo, o cantor do nosso esquadrão. Ele ensinou a Sachka suas próprias canções; muitas delas eram antigas e cheias de sentimento. Por causa disso, perdoamos tudo ao astuto caçador, pois precisávamos de suas canções: ninguém naquela época via o fim da guerra, e somente Sachka cobria de sons e de lágrimas nossos extenuantes caminhos. Um rastro de sangue percorria esses caminhos. A canção sobrevoava o nosso rastro. Assim foi no Kuban e nas campanhas contra os verdes, assim foi nos Urais e nos contrafortes do Cáucaso, e assim é até hoje. Precisávamos das canções, ninguém via o fim da guerra, e Sachka, o Cristo, o cantor do esquadrão, ainda não estava maduro para morrer...

Assim, também naquela noite em que me iludi com o *chtchi* da hospedeira, Sachka me refreou com sua voz semiapagada e embaladora.

"Estrela dos campos", cantava, "estrela dos campos sobre a casa paterna, e de minha mãe a mão aflita..."

E eu o ouvia, estendido num canto, sobre um catre de feno bolorento. O sonho quebrava meus ossos, o sonho sacudia o feno apodrecido debaixo do meu corpo, e através de sua impetuosa torrente eu mal distinguia a velha, que escorava a face murcha com a mão. Deixando pender a cabeça cheia de picadas, ela permanecia imóvel, encostada à parede, e não arredou o pé dali nem quando Sachka acabou a canção. Sachka parou de tocar e pôs a sanfona de lado, bocejou e desatou a rir, como se despertasse de um longo sono, e daí, ao ver o estado de abandono reinante na choupana da nossa viúva, tirou os ciscos do banco e trouxe um balde de água para dentro.

— Viu, coração? — disse-lhe a mulher, raspando as costas contra a porta e apontando para mim. — O seu comandante chegou agora há pouco, gritou comigo, bateu os pés, arrebentou os ferrolhos dos meus guardados e me ameaçou com a arma... Perante Deus isto é pecado, ficar me ameaçando com uma arma: sou uma mulher...

Ela tornou a se esfregar contra a porta e pôs-se a cobrir o filho com peliças. O filho roncava sob o ícone, numa grande cama coberta de farrapos. Era um menino mudo, com uma cabeça branca, volumosa e inchada, e as plantas dos pés tão gigantescas quanto as de um mujique adulto. Ela limpou-lhe o nariz sujo e voltou à mesa.

— Dona — disse-lhe então Sachka, tocando em seu ombro —, se a senhora quiser, posso lhe dar atenção...

Mas a mulher fez que não tinha escutado suas palavras.

— Eu não vi *chtchi* nenhum — disse ela, escorando a face com a mão. — Ele sumiu, desapareceu; e as pessoas ainda vêm me apontar a arma... Quando aparece um bom moço, bem que a gente podia se divertir um pouco, mas ando tão cansada que nem o pecado me dá prazer...

Ela arrastava seus tristes queixumes e, sem parar de resmungar, empurrou o menino mudo para a parede. Sachka deitou com ela na cama coberta de farrapos, e eu tentei conciliar o sono, inventando sonhos para adormecer com bons pensamentos.

O FILHO DO RABINO

... Lembra-se de Jitómir, Vassíli? Lembra-se do Tiéteriev, Vassíli, e daquela noite em que o sabá, o novo sabá, insinuava-se ao longo do crepúsculo, esmagando as estrelas sob seu tacão vermelho?

O corno esguio da lua banhava suas pontas nas águas escuras do Tiéteriev. O ridículo Guedáli, fundador da Quarta Internacional, levou-nos à casa do rabino Motale Bratslávski, para a oração da noite. O ridículo Guedáli sacudia as penas de galo de seu chapéu alto na fumaça vermelha do anoitecer. As pupilas rapinantes das velas bruxuleavam no aposento do rabino. Debruçados sobre os livros de orações, judeus espadaúdos gemiam surdamente, e o velho bufão dos *tsadiks* de Tchernóbyl fazia tilintar moedas de cobre no bolso rasgado...

... Lembra-se daquela noite, Vassíli?... Do outro lado da janela os cavalos relinchavam e os cossacos gritavam. O deserto da guerra bocejava lá fora, e o rabino Motale Bratslávski, com os dedos consumidos cravados no talete, orava junto à parede do Oriente. Daí a cortina da arca foi descerrada e, à luz funérea das velas, vimos os rolos da Torá metidos em suas capas de veludo púrpura e seda azul, e, debruçado sobre a Torá, o belo rosto inanimado e submisso de Iliá, o filho do rabino, o último príncipe da dinastia...

E eis que, faz uns dois dias, Vassíli, os regimentos do Décimo Segundo Exército deixaram o front em Kóvel a descoberto. Na cidade ribombou o desdenhoso bombardeio dos vencedores. Nossas tropas vacilaram e se misturaram. O trem da Secpolit começou a rastejar pela espinha morta dos campos. Camponeses tifosos rolavam diante de si a tão conhecida corcova da morte do soldado. Eles saltavam nos estribos do nosso trem e eram derrubados a coronhadas. Fungavam, debatiam-se, voavam longe e silenciavam. Uma dúzia de verstas depois, quando as batatas acabaram, atirei-lhes uma pilha de panfletos de Trótski. Mas só um deles estendeu a mão morta e suja para apanhar um panfleto. E eu reconheci Iliá, o filho do rabino de Jitómir. Eu o reconheci na hora, Vassíli. Ver o príncipe, que perdera as calças, dobrado em dois sob a mochila de soldado, doía tanto que, desobedecendo aos regulamentos, nós o puxamos para dentro do vagão. Seus joelhos nus, desajeitados como os de uma velha, batiam nos degraus enferrujados; duas datilógrafas peitudas, com blusa de marinheiro, arrastaram pelo chão o corpo comprido e envergonhado do moribundo. Nós o depositamos num canto da redação, no chão. Cossacos de calças bufantes vermelhas ajeitaram-lhe a roupa caída. As moças, plantando no chão suas pernas tortas de fêmeas broncas, observavam friamente os órgãos genitais, a virilidade mirrada e crespa de um semita que tinha definhado. Mas eu, que o vira numa das minhas noites errantes, comecei a arrumar no baú os pertences espalhados do soldado Vermelho Bratslávski.

Tudo estava amontoado ali, as credenciais de agitador e as anotações de um poeta judeu. Retratos de Lênin e de Maimônides jaziam lado a lado. O ferro nodoso do crânio de Lênin e a seda opaca dos retratos de Maimônides. Uma mecha de cabelos femininos servia de marcador num livro com as deliberações do Sexto Congresso do Partido, e nas margens das páginas comunistas apertavam-se as linhas tortuosas de antigos versos hebraicos. Qual chuva rala e triste, caíam sobre mim páginas do Cântico dos Cânticos e cartuchos de revólver. A chuva triste do crepúsculo lavava a poeira dos meus cabelos, e eu disse ao jovem que agonizava num canto, em cima de um colchão esfarrapado:

— Faz quatro meses, numa sexta à noitinha, que o trapeiro Guedáli levou-me à casa do seu pai, o rabino Motale, mas naquela época, Bratslávski, você não pertencia ao partido.

— Naquela época eu pertencia ao partido — respondeu o rapazote, arranhando o peito e retorcendo-se de febre —, mas não podia deixar minha mãe...

— E agora, Iliá?

— Na Revolução, mãe não passa de um episódio — murmurou ele, com um fio de voz. — Saiu a minha letra, B, e a organização me mandou para o front...

— E foi parar em Kóvel, Iliá?

— Fui parar em Kóvel! — gritou, com desespero. — Os *kulaks* deixaram o front descoberto. Tomei o comando de um regimento recém-formado, mas já era tarde. Me faltou a artilharia...

Morreu antes de chegar a Rovno. Morreu, o último príncipe, entre versos, filactérios e peais. Nós o enterramos numa estação perdida. E eu, que mal posso conter no corpo decrépito as tempestades da minha imaginação, eu recebi o último suspiro do meu irmão.

Argamak

Resolvi transferir-me para as forças ativas. O *comdiv* fez uma careta ao ficar sabendo disso.

— O que é que você vai fazer lá?...Vai ficar de boca aberta, e quando menos esperar, vão rasgar a sua barriga...

Mas eu insisti. Pior ainda: minha escolha recaiu sobre a divisão mais combativa, a Sexta. Fui designado para o Quarto Esquadrão do 23º Regimento de Cavalaria. O esquadrão era comandado por um serralheiro da fábrica de Briánski, Baulin, um rapazola ainda. Para impor respeito, deixara crescer a barba. Tufos cinzentos enrolavam-se no seu queixo. Aos 22 anos, Baulin não sabia o que era vaidade. Essa qualidade, peculiar a milhares de Baulins, foi um componente importante para a vitória da revolução. Baulin era duro, de poucas palavras, obstinado. O seu caminho na vida estava traçado. Dúvidas quanto à justeza desse caminho ele não tinha. As privações não lhe pesavam. Sabia dormir sentado. Dormia, apertando uma mão contra a outra, e despertava de um jeito que tornava imperceptível a passagem do sono para a vigília.

Não se podia esperar clemência sob o comando de Baulin. Meu serviço começou com um raro e feliz presságio: deram-me um cavalo. Não havia cavalos nem na reserva de montaria, nem com os camponeses. O acaso me ajudou. O cossaco Tikhomólov tinha executado sem autorização dois oficiais prisioneiros. Recebera ordem de escoltá-los ao Estado-Maior da Brigada, os oficiais podiam ter informações valiosas a dar. Tikhomólov não os levou até lá. Resolveram submeter o cossaco ao Tribunal Revolucionário, depois mudaram de ideia. Baulin, o comandante de esquadrão, impôs uma punição mais terrível do que qualquer tribunal: tirou de Tikhomólov o garanhão chamado Argamak e mandou o cossaco para o comboio.

O tormento que passei com Argamak atingiu o limite extremo da resistência humana. Tikhomólov tinha trazido o cavalo de sua casa, às margens do Tiérek. Estava acostumado ao trote cossaco e ao especial galope cossaco: seco, furioso, abrupto. O passo de Argamak era longo, extenso, tenaz. Com aquele passo diabólico, fazia-me sair das fileiras, eu me perdia do esquadrão e, desprovido do senso de direção, vagava dias a fio à procura da minha unidade, caía nas posições inimigas, pernoitava em barrancos, juntava-me a regimentos alheios, de onde era expulso. Minha experiência de equitação limitava-se a ter servido durante a guerra contra os alemães numa divisão de artilharia da 15ª Divisão de Infantaria. Quando muito, isso significava ficar trepado em cima de um caixote de munições; raramente seguíamos numa carreta de canhão. Não tivera oportunidade de me habituar ao trote duro e sacudido de Argamak. Tikhomólov tinha legado ao cavalo todos os diabos de sua própria queda. Eu sacudia feito um saco no dorso longo e magro do garanhão. Esfolei o lombo dele. Formaram-se chagas ali. Moscas metálicas nutriam-se nelas. Aros de sangue escuro coagulado rodeavam a barriga do animal. Por ter sido mal ferrado, Argamak começou a mancar, suas pernas traseiras incharam nas juntas, atingindo proporções elefantinas. Argamak enfraqueceu. Seus olhos ficaram injetados do fogo peculiar aos cavalos torturados, o fogo da histeria e da resistência. Ele não se deixava selar.

—Você destruiu o cavalo, quatro-olhos — disse o comandante do pelotão.

Na minha presença, os cossacos não abriam a boca, mas às minhas costas eles se preparavam, como se preparam os predadores, numa imobilidade sonolenta e pérfida. Nem cartas me pediam mais para escrever...

O Exército de Cavalaria tinha conquistado Nóvograd-Volynsk. Tivemos de percorrer de sessenta a oitenta quilômetros por dia. Estávamos nos aproximando de Rovno. A parada diária era insignificante. Todas as noites eu tinha o mesmíssimo sonho. Sigo, a todo galope, montado no Argamak. Às margens das estradas ardem fogueiras. Os cossacos preparam o rancho. Passo por eles, mas ninguém levanta os olhos para mim. Alguns cumprimentam, outros nem olham, mas todos são indiferentes. O que significa isso? A indiferença deles significa que não há nada de especial em meu jeito de montar, cavalgo como todo mundo, não há por que olhar. Sigo meu caminho a galope e sou feliz. Minha sede de paz e felicidade não era saciada, por isso eu tinha sonhos assim.

De Tikhomólov não havia nem sinal. Ele me vigiava de um lugar qualquer na periferia da marcha, nas lentas filas de carroças abarrotadas de molambos.

Um dia o comandante do pelotão me disse:
— Pachka insiste em saber como você vai indo...
— E que importância tenho eu para ele?
— Pelo visto, tem muita...
— Deve estar achando que eu o prejudiquei.
— E por acaso não prejudicou?
O ódio de Pachka alcançava-me através de florestas e rios. Eu sentia isso na pele e me encolhia todo. Olhos injetados de sangue estavam fixos no meu caminho.
— Por que foi me arranjar um inimigo? — perguntei a Baulin.
O comandante do esquadrão seguiu seu caminho, bocejando.
— Isso não é problema meu — respondeu ele, sem se virar —, é problema seu...
O lombo de Argamak secava um pouco e depois tornava a abrir. Eu punha três mantas sob a sela, mas como não montava direito, as feridas não cicatrizavam. A consciência de estar sentado numa ferida aberta era o que mais me azucrinava.
Um cossaco do nosso pelotão, de sobrenome Bíziukov, era conterrâneo de Tikhomólov e conhecia o pai de Pachka lá no Tiérek.
— O pai dele, do Pachka — disse-me um dia Bíziukov —, cria cavalos por gosto... Um cavaleiro endiabrado, bem corpulento... Mal chega no rebanho, já vai escolher um cavalo... Trazem um. Ele se planta de pernas abertas na frente do animal e fica olhando... A modo de quê? Sabe ele a modo de quê: arma o punho enorme, dá um soco no meio dos olhos, e adeus, cavalo. Por que você matou o animal, Kalistrat? Só pelo gosto terrível, diz, que tenho de não montá-lo... Para mim este cavalo não tem serventia... Meu gosto, diz, é de morte... Um cavaleiro endiabrado, ninguém há de negar.
E Argamak, deixado entre os vivos pelo pai de Pachka, escolhido por ele, viera parar em minhas mãos. E o que eu podia fazer? Ruminei mentalmente um monte de planos. Foi a guerra que me livrou das preocupações.
A Cavalaria atacou Rovno. A cidade foi conquistada. Permanecemos dois dias ali. Na noite seguinte os poloneses nos expulsaram. Tinham contra-atacado para dar cobertura às unidades em retirada. A manobra teve êxito. Serviram de cobertura aos poloneses um vendaval, uma chuva cortante e uma violenta tempestade de verão, que se abateu sobre o mundo em torrentes de água negra. Evacuamos

a cidade por um dia inteiro. Nesse combate noturno caiu o sérvio Dúnditch, o mais valoroso dos homens. Pachka Tikhomólov também participou dessa batalha. Os poloneses tomaram de assalto o seu comboio. O lugar era plano, desprotegido. Pachka organizou suas carroças numa ordem de combate que só ele conhecia. Os romanos deviam dispor seus carros do mesmo modo. Nas mãos de Pachka apareceu uma metralhadora. É de pensar que ele a tivesse roubado e escondido para uma eventualidade qualquer. Com essa metralhadora Tikhomólov rechaçou o ataque, salvou os apetrechos e tirou dali todo o comboio, com exceção de duas carretas cujos cavalos tinham sido atingidos pelos disparos.

— Por que você deixa os seus soldados de molho? — perguntaram a Baulin no Estado-Maior da Brigada, alguns dias depois da batalha.

— Se deixo, certamente, é preciso...

— Cuidado, você pode cair...

Não publicaram a anistia de Tikhomólov, mas sabíamos que ele viria. Chegou, calçando galochas nos pés nus. Tinha cortes nos dedos, e deles pendiam tiras de gaze preta. As tiras arrastavam-se atrás dele como um manto. Pachka chegou à aldeia de Budiátitchi, na praça em frente à igreja católica, em cuja estaca estavam amarrados os nossos cavalos. Sentado nos degraus da igreja, Baulin fazia escalda-pés numa tina. Os dedos de seus pés tinham começado a apodrecer. Estavam rosados como rosado fica o ferro no início da têmpera. Mechas dos jovens cabelos cor de palha colavam-se à testa de Baulin. O sol ardia nos tijolos e nas telhas da igreja. Bíziukov, de pé junto ao comandante do esquadrão, meteu-lhe um cigarro na boca e acendeu-o. Tikhomólov, arrastando seu manto esfarrapado, aproximou-se dos cavalos. Suas galochas rangiam. Argamak esticou o pescoço comprido e pôs-se a relinchar para o seu dono, relinchos baixos e esganiçados, como os de um cavalo no deserto. Em seu lombo, a sânie enrugava-se como uma renda entre as faixas de carne dilacerada.

Pachka plantou-se ao lado do cavalo. As tiras sujas estendiam-se imóveis no chão.

— Então é assim? — pronunciou o cossaco numa voz que mal se ouvia.

Dei um passo à frente.

—Vamos fazer as pazes, Pachka. Estou contente que o cavalo volte para você. Eu não podia com ele...Vamos fazer as pazes, está bem?

— Ainda não é a Páscoa, para fazermos as pazes — disse o comandante do pelotão às minhas costas, enrolando um cigarro. Suas calças estavam afrouxadas, a camisa desabotoada no peito bronzeado. Ele descansava nos degraus da igreja.

— Faça as pazes com ele como um bom cristão,* Pachka — murmurou Bíziukov, o conterrâneo de Tikhomólov, que conhecia Kalistrat, o pai de Pachka. — Ele quer fazer as pazes com você...

Eu estava sozinho entre aqueles homens cuja amizade não tinha conseguido conquistar.

Pachka permanecia imóvel diante do cavalo. Argamak, respirando a plenos pulmões, estendia o focinho para o dono.

— Então é assim? — repetiu o cossaco, virando-se bruscamente para mim e dizendo à queima-roupa: — Não vou fazer as pazes com você.

Arrastando as galochas, pôs-se a caminhar pela estrada calcária, crestada pelo sol, varrendo a poeira da praça da aldeia com as tiras. Argamak foi atrás dele, como um cachorro. A brida balançava sob seu focinho, o pescoço comprido pendia para baixo. Baulin continuava a massagear a ferrosa e avermelhada putrescência de seus pés dentro da tina.

— Você me arranjou um inimigo — eu disse a ele. — Que culpa tenho eu nisso tudo?

O comandante do esquadrão levantou a cabeça.

— Eu manjo você — disse —, estou manjando perfeitamente. Você faz de tudo para viver sem inimigos... Faz qualquer coisa.

— Faça as pazes com ele como um bom cristão — murmurou Bíziukov, afastando-se.

Na testa de Baulin gravou-se uma nódoa de fogo. Sua face começou a repuxar.

— Sabe no que dá isso tudo? — perguntou ele, sem controlar a respiração. — Dá tédio... Saia daqui, vá pra puta que o pariu...

Tive que partir. Transferi-me para o Sexto Esquadrão. Lá as coisas melhoraram. De qualquer modo, Argamak ensinou-me o jeito de Tikhomólov montar. Passaram-se os meses. Meu sonho tornou-se realidade. Os cossacos pararam de prestar atenção em mim e no meu cavalo.

---

* "*Pokhristosuicia s nim*", no original; alude ao costume dos cristãos ortodoxos de se beijarem três vezes nas faces durante a Páscoa. [N.T.]

O beijo

No começo de agosto o Estado-Maior enviou-nos a Budiátitchi para reformar nosso contingente. Ocupado pelos poloneses no início da guerra, o lugar logo foi retomado por nós. A brigada entrou no povoado de manhãzinha, eu cheguei em pleno dia. Os melhores alojamentos já haviam sido tomados, de modo que tive que me ajeitar na casa do mestre-escola. Num cômodo de teto baixo, em meio a caixotes com limoeiros carregados de frutos, estava sentado um velho paralítico. Ele tinha na cabeça um chapéu tirolês com uma peninha, e sua barba cinzenta chegava ao peito, salpicado de cinzas. Batendo as pálpebras, ele murmurava uma oração qualquer. Banhei-me, fui para o quartel e só voltei com a noite alta. Michka Surovtsev, o ordenança, astuto cossaco de Orenburgo, deu-me um quadro da situação: além do velho paralítico, ainda moravam lá a filha, Tomílina Elisavieta Alekséievna, e Micha, o filho dela, de cinco anos, xará de Surovtsev; a filha tinha enviuvado de um oficial morto na guerra contra os alemães e sua conduta era irrepreensível, mas a um sujeito decente, segundo a opinião de Surovtsev, ela podia fazer concessões.

— Dá-se um jeito — disse ele, e foi à cozinha, de onde veio um ruído de louça. A filha do mestre-escola o ajudava. Enquanto cozinhava, Surovtsev ia contando a ela de minha coragem, de como eu matara dois oficiais poloneses num combate e de quanto o poder soviético me considerava. A voz de Tomílina respondia-lhe, baixa e reservada.

— Onde você descansa? — perguntou-lhe Surovtsev ao se despedir.

— Venha se deitar mais perto de nós, somos homens vivos.

Ele trouxe a omelete para o cômodo numa enorme caçarola e colocou-a no centro da mesa.

— Está de acordo — disse-me ele, sentando-se —, só não falou...

Nesse mesmo instante ouvimos um murmúrio abafado, um farfalhar e um correr pesado, cauteloso. Nem sequer tínhamos conseguido comer nosso prato de guerra quando vimos arrastar-se pela casa velhos de muletas e uma porção de velhas com xales amarrados na cabeça. A cama do pequeno Micha fora transferida para a sala de almoço, no meio dos limões, ao lado da poltrona do avô. Os hóspedes inválidos, mas prontos a defender a honra de Elisavieta Aleksiéievna, amontoavam-se um ao lado do outro, como as ovelhas durante um temporal, e depois de armarem uma barricada na porta, passaram a noite inteira jogando baralho em silêncio, mal sussurrando os lances e tremendo a cada ruído. Do outro lado da porta, constrangido e confuso, eu não conseguia pregar o olho e não via a hora de o amanhecer chegar.

— Para seu conhecimento — disse eu a Tomílina quando cruzei com ela no corredor —, para seu conhecimento, devo lhe informar que sou formado em Direito e que pertenço ao chamado "grupo dos intelectuais…"

Ela ficou petrificada, os braços caídos, dentro de sua roupa fora de moda, como que fundida ao corpo delgado. Seus olhos azuis, arregalados, brilhantes de lágrimas, fitavam os meus sem pestanejar.

Dali a dois dias ficamos amigos. O medo e o desconhecimento em que vivia a família do mestre-escola, família de gente digna e desprotegida, eram ilimitados. Foram convencidos por funcionários poloneses de que a Rússia tinha se desfeito em fumaça e barbárie, tal como Roma acabara, outrora. Quando eu falei de Lênin para eles, de Moscou, onde se arma o futuro, do Teatro de Arte, uma temerosa felicidade infantil tomou conta deles. Às tardes vinham visitar-nos generais bolcheviques de 22 anos, com suas barbas ruivas e malcuidadas. Fumávamos cigarros russos, comíamos o jantar preparado por Elisavieta Aleksiéievna com mantimentos do exército e cantávamos canções de estudantes. Dobrado em sua poltrona, o paralítico ouvia com sofreguidão, e seu chapéu tirolês balançava ao ritmo de nossas canções. Durante todos aqueles dias o velho viveu entregue a uma turva esperança, confusa e súbita, e para que nada anuviasse sua felicidade ele se esforçava por não notar qualquer exagero na simplicidade faceira e sanguinária com a qual nós decidíamos então todos os problemas do mundo.

Depois da vitória sobre os poloneses — essa fora a decisão do conselho de família —, os Tomílin se mudariam para Moscou: o velho seria curado por um famoso professor, Elisavieta Aleksiéievna entraria em algum curso da universidade e Micha iria para aquela mesma escola no lago do Patriarca onde a mãe dele havia estudado. O futuro surgia à nossa consciência como felicidade impossível de não se realizar, a guerra, como uma impetuosa preparação para a felicidade, e a própria felicidade, o traço principal de nosso caráter. Apenas os detalhes ainda não tinham sido resolvidos, e para estudá-los passávamos noites em claro, noites poderosas em que o toco da vela refletia-se na turva garrafa de aguardente caseira. Elisavieta Aleksiéievna, radiante, era nossa ouvinte silenciosa. Eu jamais havia encontrado uma criatura mais impetuosa, livre e arisca. Às vezes, à tarde, o ardiloso Surovtsev nos conduzia num caleche velho, de vime, requisitado ainda em Kuban, para a colina onde a residência abandonada dos príncipes Gonsiorowski brilhava no fogo do crepúsculo. Magros, mas altos e de raça, os cavalos corriam amigáveis com seus arreios vermelhos; um brinco balançava preguiçoso na orelha de Surovtsev, e as torres redondas cresciam sobre um fosso coberto por uma toalha amarela de flores. Paredes em ruínas traçavam no céu uma longa curva, inchada de sangue rubi, um arbusto de roseira-brava escondia suas bagas, e um degrau azul, resto da escadaria por onde outrora subiram os reis da Polônia, tremeluzia entre os espinheiros. Uma vez, sentado nesse degrau, aproximei de mim a cabeça de Elisavieta Aleksiéievna e beijei-a. Ela se afastou devagarinho, levantou-se e, apoiando as duas mãos, encostou-se na parede. Ficou imóvel, e um raio poeirento de sol brincou em sua cabeça, ofuscando-a, depois estremeceu e pareceu ouvir alguma coisa. Tomílina ergueu a cabeça; seus dedos se desprenderam do muro e, tropeçando e acelerando os passos, ela correu para baixo. Chamei-a, mas não obtive resposta. Lá embaixo, estendido no caleche de vime, dormia o corado Surovtsev. À noite, quando todos dormiam, fui de mansinho ao quarto de Elisavieta Aleksiéievna. Ela estava lendo, com uma mão segurando o livro afastado dos olhos e a outra sobre a mesa, parecia inanimada. Ao ouvir o ruído, ela se voltou e levantou-se.

— Não — disse ela, olhando para mim —, não, meu querido. — E, abraçando meu rosto com seus longos braços nus, beijou-me em silêncio, com um beijo cada vez mais intenso e desmedido. O som do telefone no quarto ao lado separou-nos um do outro. Era o ajudante do Estado-Maior.

—Vamos partir — disse ele do outro lado da linha. — A ordem é apresentar-se ao comando da brigada...

Precipitei-me sem chapéu, juntando os papéis na correria. Traziam os cavalos das cocheiras no escuro, aos berros, e os cavaleiros corriam à rédea solta. No comando da brigada, enquanto amarrávamos o capote, ficamos sabendo que os poloneses haviam rompido nossas linhas próximo a Liúblin e que devíamos realizar uma operação para cercá-los. Ambos os regimentos partiriam dentro de uma hora. O velho acordara e me observara inquieto através da folhagem dos limoeiros.

— Diga que voltará — repetia ele, sacudindo a cabeça.

Vestindo uma jaqueta de pele por cima da camisola de batista, Elisavieta Aleksiéievna saiu para nos acompanhar até a rua. Nas trevas, um esquadrão invisível galopava desenfreado. Na extremidade do campo, olhei para trás — inclinando-se, Tomílina ajeitava o casaco do filho, de pé à sua frente, e a luz incerta da lâmpada que queimava no rebordo da janela escorria por sua nuca magra e delicada...

Depois de uma marcha sem descanso, de cem quilômetros, juntamo-nos à 14ª Divisão de Cavalaria e, terminada a pausa, começamos a retirada. Dormíamos nas selas. Nas paradas, mortos de sono, caíamos ao chão, e os cavalos, puxando as bridas, nos arrastavam dormindo pelo campo ceifado. Estávamos no começo do outono, e as chuvas da Galícia caíam silenciosas sobre nós. Encostados uns aos outros como um único corpo mudo e desgrenhado, nós errávamos e descrevíamos círculos, mergulhando e saindo do bolsão mantido pelos poloneses. Tínhamos perdido a noção do tempo. Quando nos preparamos para passar a noite na igreja de Tochtchenko, nem sequer me ocorreu que estávamos a dez léguas de Budiátitchi. Foi Surovtsev quem lembrou disso, e nos entreolhamos.

— O principal é que, se os cavalos não estivessem esgotados — disse ele, alegre —, poderíamos ir até lá...

— Não dá — respondi. — Dariam por nossa falta à noite...

Mesmo assim, nós fomos. Nas nossas selas estavam pendurados alguns presentes — um pão doce, uma peliça avermelhada e um cabritinho de duas semanas, vivo. O caminho ia por um bosque de árvores gotejantes que balançavam, uma estrela de aço vagueava no alto dos carvalhos. Em menos de uma hora alcançamos o povoado, seu centro incendiado, atulhado de caminhões brancos de farinha, carretas de metralhadoras e lemes de carros quebrados. Sem desmontar, bati na janela conhecida — uma nuvem branca percorreu o quarto. Naquela mesma camisola de batista com a renda gasta, Tomílina correu para o terraço de entrada. Tomou minha mão em sua mão quente e levou-me para dentro de casa. Na sala grande, roupas brancas de homem secavam nos limoeiros destroçados, desconhecidos dormiam em camas de campanha, enfileiradas uma atrás da outra, como num hospital. Mostrando os pés sujos, as bocas enrijecidas num esgar, emitiam sons roucos no sono e respiravam ruidosos, com sofreguidão. A casa fora ocupada por nossa Comissão de Despojos, e os Tomilin, relegados a um único quarto.

— Quando você vai nos tirar daqui? — perguntou Elisavieta Aleksiéievna, apertando meu braço.

O velho acordou e sacudiu a cabeça. O pequeno Micha, apertando o cabritinho ao peito, ria um riso feliz e silencioso. Surovtsev, pairando sobre ele com toda sua estatura, tirava dos bolsos de suas calças cossacas esporas, moedas furadas, um apito preso a um cordão amarelo. Nessa casa, ocupada pela Comissão de Despojos, não havia lugar para nós. Saímos, Elisavieta e eu, para a construção de tábuas dos fundos, onde no inverno se guardavam batatas e os gradeados das abelhas. Lá atrás, no depósito, dei-me conta do caminho perigoso e sem volta que havíamos percorrido desde o beijo no castelo dos príncipes Gonsiorowski...

Pouco antes do amanhecer, Surovtsev bateu à porta.

— Quando você nos levará? — perguntou Elisavieta Aleksiéievna, olhando para o lado.

Sem nada dizer, dirigi-me à casa para despedir-me do velho.

— O principal é que não há tempo — disse Surovtsev, barrando-me o caminho. — Vamos, monta...

Puxou-me para a rua e trouxe meu cavalo. Tomílina estendeu-me a mão, de súbito gelada. Como sempre, mantinha alta a cabeça. Os cavalos, que haviam descansado durante a noite, nos levaram trotando. Da negra trama do carvalhal surgiu um sol ardente. O júbilo da manhã encheu o meu ser.

Abriu-se uma clareira na mata, soltei o cavalo e, virando a cabeça, gritei para Surovtsev:

— Podíamos ter ficado mais um pouco... Você nos chamou muito cedo...

— Não foi cedo — respondeu ele, alisando e apartando com a mão os galhos molhados, cintilantes —, se não fosse pelo velho, eu podia ter chegado até antes... Mas ele começou a falar sem parar, a ficar nervoso, a soltar grasnidos, até que caiu de lado... Eu corri até lá, olhei, pois ele estava morto, morto para valer...

Já estávamos fora do bosque. Entramos num campo arado, sem trilhas. Surovtsev endireitou-se, olhou para os lados, assobiou, farejou procurando a direção certa e, aspirando-a com o ar, curvou-se sobre a sela e partiu a galope.

Chegamos a tempo. Os homens do esquadrão estavam se levantando. O tempo prometia ser quente, o sol já aquecia. Nessa manhã, nossa brigada atravessou a antiga fronteira do Reino da Polônia.

NOTA DOS TRADUTORES

Publicado em 1926, *O Exército de Cavalaria* (conhecido entre nós pelo título da tradução americana como *A Cavalaria Vermelha*) reunia 34 contos, aos quais foram acrescentados "Argamak", na edição de 1931, e "O beijo", introduzido em edições soviéticas posteriores à reabilitação do escritor, ocorrida em 1954. A presente tradução foi realizada a partir do original em russo de *O Exército de Cavalaria* [*Konármia*], constante da edição das *Sotchiniénia v dvukh tomakh* [Obras em dois volumes] (Moscou: Literatura Artística, 1990; vol. 2). Apresentamos abaixo a relação dos contos traduzidos e alguns dados bibliográficos pertinentes.

"A travessia do Zbrutch" ("Perekhod tchérez Zbrutch"): publicado no jornal *Pravda* (3 de agosto de 1924), com o subtítulo "Do diário" e a data (Novograd-Volynsk, julho de 1920).

"A igreja de Novograd" ("Kostiol v Novograd"): publicado no jornal *Isviéstia* (Odessa, 18 de fevereiro de 1923), com o subtítulo "Do livro *O Exército de Cavalaria*".

"Uma carta" ("Pismó"), publicado no jornal *Isviéstia* (Odessa, 11 de fevereiro de 1923), com o subtítulo "Do livro *O Exército de Cavalaria*" e a data (Novograd-Volynsk, junho de 1920).

"O chefe da remonta" ("Natchálnik Konzapasa"), publicado na revista *Lef* (nº 4, agosto-dezembro, 1923), com o subtítulo "Diákov" e a data (Beliov, julho de 1920).

"Pan Apolek" ("Pan Apolek"), publicado no jornal *Isviéstia* (Odessa, fins de janeiro, 1923), com o subtítulo "Do livro *O Exército de Cavalaria*" e a data (Novograd-Volynsk, junho de 1920).

"O sol da Itália" ("Sólntse Itálii"), publicado na revista *Krásnaia Nov* (nº 3, abril-maio, 1924), com o subtítulo "Sidorov" e a data (Novograd, junho de 1920).

"Guedáli" ("Guedáli"), publicado no jornal *Isviéstia* (Odessa, 1923), com o subtítulo "Do livro *O Exército de Cavalaria*" e a data (Jitómir, junho de 1920).

"Meu primeiro ganso" ("Moi piérvi gus"), publicado no jornal *Isviéstia* (Odessa, início de maio, 1923), com o subtítulo "Do livro *O Exército de Cavalaria*" e a data (julho de 1920).

"O rabino" ("Rabbi"), publicado na revista *Krásnaia Nov* (nº 1, janeiro-fevereiro, 1924).

"O caminho de Bródy" ("Put v Bródy"), publicado no *Suplemento Literário* (nº 1060) do jornal *Isviéstia* (Odessa, 17 de junho, 1923), com o subtítulo "Do livro *O Exército de Cavalaria*" e a data (Bródy, agosto, 1920).

"Teoria da *tatchanka*" ("Utchénie o tatchanke"), publicado no *Suplemento Literário* (nº 967) do jornal *Isviéstia* (Odessa, 23 de fevereiro, 1923), com o subtítulo "Do livro *O Exército de Cavalaria*".

"A morte de Dolguchov" ("Smiert Dolguchova"), publicado no *Suplemento Literário* (nº 1022) do jornal *Isviéstia* (Odessa, 1 de maio, 1923), com o subtítulo "Do livro *O Exército de Cavalaria*" e a data (Bródy, agosto de 1920).

"O *combrig* da Segunda" ("Kombrig dva"), publicado na revista *Lef* (nº 4, agosto-dezembro, 1923), com o subtítulo "Koliesnikov" e a data (Bródy, agosto de 1920).

"Sachka, o Cristo" ("Sachka Khristos"), publicado na revista *Krásnaia Nov* (nº 1, janeiro-fevereiro, 1924).

"Biografia de Matviéi Rodiónytch Pávlitchenko" ("Jizneopissánie Pávlitchenki, Matviéia Rodiónitcha"), publicado na revista *Chkval* (nº 8; Odessa, dezembro de 1924).

"O cemitério de Kózin" ("Kládbichtche v Kózine"), publicado no *Suplemento Literário* (nº 967) do jornal *Isviéstia* (Odessa, 23 de fevereiro, 1923), com o subtítulo "Do livro *O Exército de Cavalaria*".

"Prichtchepa" ("Prichtchepa"), publicado no *Suplemento Literário* (nº 1060) do jornal *Isviéstia* (Odessa, 17 de junho, 1923), com o subtítulo "Do livro *O Exército de Cavalaria*" e a data (Demidovka, julho de 1920).

"História de um cavalo" ("Istória odnói lóchadi"), publicado no jornal *Isviéstia* (Odessa, 13 de abril, 1923).

"Kónki" ("Kónki"), publicado na revista *Krásnaia Nov* (nº 3, abril-maio, 1924) e datado (Dubnó, agosto, 1920).

"Berestietchko" ("Berestietchko"), publicado na revista *Krásnaia Nov* (nº 3, abril-maio, 1924) e datado (Berestietchko, agosto, 1920).

"O sal" ("Sol"), publicado no *Suplemento Literário* (nº 1195) do jornal *Isviéstia* (Odessa, 25 de novembro, 1923), com o subtítulo "Do livro *O Exército de Cavalaria*".

"A noite" ("Viétcher"), publicado na revista *Krásnaia Nov* (nº 3, abril, 1925), com o título "Gálin", o subtítulo "Do livro *O Exército de Cavalaria*" e a data (Kóvel, 1920).

"Afonka Bida" ("Afonka Bida"), publicado no jornal *Isviéstia* (Odessa, 1923), com o subtítulo "Do livro *O Exército de Cavalaria*".

"Na igreja de São Valentim" ("U sviátogo Valienta"), publicado na revista *Krásnaia Nov* (nº 3, abril-maio, 1924) e datado (Berestietchko, agosto de 1920).

"O comandante de esquadrão Trúnov" ("Eskadrónni Trúnov"), publicado na revista *Krasnaia Nov* (nº 2, fevereiro, 1925).

"Os Ivans" ("Ivany"), publicado na revista *Rússki Sovremiénnik Nov* (nº 1, 1924).

"Continuação da história de um cavalo" ("Prodoljénie istórii odnói lóchadi"), publicado no jornal *Isviéstia* (Odessa, 13 de abril, 1923), juntamente com "História de um cavalo", e datado (Galícia, setembro, 1920).

"A viúva" ("Vdová"), publicado no *Suplemento Literário* do jornal *Isviéstia* (Odessa, 15 de julho, 1923), com o título "Cheveliov" e o subtítulo "Do livro *O Exército de Cavalaria*".

"Zámostie" ("Zámostie"), publicado na revista *Krásnaia Nov* (nº 3, abril-maio, 1924) e datado (Sokal, setembro de 1920).

"Traição" ("Izmiena"), publicado no jornal *Isviéstia* (Odessa, 20 de março, 1923), com o subtítulo "Do livro *O Exército de Cavalaria*".

"Tchésniki" ("Tchésniki"), publicado na revista *Krasnaia Nov* (nº 3, abril-maio, 1924).

"Depois da batalha" ("Póslie bóia"), publicado na revista *Projektor* (nº 20, outubro de 1924) e datado (Galícia, setembro de 1920).

"A canção" ("Piésnia"), publicado na revista *Krasnaia Nov* (nº 3, abril de 1925), com o título de "A noite" ("Viétcher"), o subtítulo "Do Diário", e a data (Sokal, agosto de 1920).

"O filho do rabino" ("Syn rabbi"), publicado na revista *Krasnaia Nov* (nº 1, janeiro-fevereiro de 1924).

"Argamak" ("Argamak"), publicado na revista *Nóvi Mir* (nº 3, 1932), com a informação em nota de rodapé de que se tratava de texto inédito pertencente ao ciclo *O Exército de Cavalaria*, e a data (1924-30).

"O beijo" ("Potselui"), publicado na revista *Krásnaia Nov* (novembro de 1937).

Na transliteração de palavras russas foi utilizada a "Tabela de transliteração do russo para o português", criada pelo Curso de Russo da Universidade de São Paulo (Cf. *Caderno de Literatura e Cultura Russa* nº 1, p. 393; São Paulo: Ateliê Editorial, 2004).

Certos procedimentos literários característicos das narrativas de *O Exército de Cavalaria*, como o uso do jargão próprio dos soldados e das palavras de ordem do Partido Comunista, a linguagem cartorial dos relatórios militares, sempre que possível, foram recriados em português. Troca de letras, pronúncia arrevesada das palavras, emprego de termos e formas em desuso, articulações frásicas estranhas às construções sintáticas típicas da língua russa constituem alguns dos elementos que caracterizam a expressão das personagens não russas dos contos em geral. O registro desse russo utilizado pela maioria dos cossacos, por poloneses e ucranianos foi recuperado na tradução e, tal como nos textos originais, não obedece a nenhum padrão de uniformização.

Com o intuito de interromper o menos possível a fluência da leitura e, ao mesmo tempo, contribuir para uma melhor compreensão dos textos, reunimos no "Glossário", à p. 161, algumas notas de caráter geral, referentes a vultos e fatos histórico-culturais citados, siglas e abreviações soviéticas, hipocorísticos de nomes próprios russos e termos judaicos, poloneses, russos, soviéticos e ucranianos.

Glossário

AFONKA, AFÓNIA Hipocorísticos de Afanássi.
ALIÓCHENKO Hipocorístico de Aleksei.
ANDRIUCHA Hipocorístico de Andriéi.
ARICHA Hipocorístico de Irina.
BATKO Chefe, paizinho (ucraniano).
BECHMIET Espécie de túnica longa até os joelhos, bem justa no peito e na cintura, usada por caucasianos, turcos e mongóis.
BRANCO Combatente do Exército Branco e, por extensão, qualquer adversário dos bolcheviques durante a guerra civil (1918-1921).
BRISCA Caleche leve, menos sólido que a *tatchanka*.
BUDIÓNNI, SEMION M. (1883-1973) General do Exército Vermelho. Durante a guerra civil (1918-21) foi comandante em chefe da Primeira Cavalaria. Posteriormente tornou-se marechal da União Soviética.
BURKA Casaco caucasiano de feltro.
CC Comitê Central do Partido Comunista.
CHTCHI Tradicional sopa de repolho camponesa, presente nas culinárias russa e ucraniana.
COMBRIG Comandante de brigada.
COMDIV Comandante de divisão.
COMPOLDIV Comandante da Seção Política da Divisão.
CONTRA Forma como eram popularmente chamados os contrarrevolucionários.
COPEQUE Centésima parte do rublo.
DENÍKIN, ANTON IVÁNOVITCH (1872-1947) General russo, comandante do Exército Branco no sul. Foi nomeado por Keriénski comandante em chefe da região sudoeste, em 1917. Derrotado pelos bolcheviques, exilou-se em 1920. Morreu nos Estados Unidos.
DIÁCONO No clero russo, uma espécie de aspirante ao sacerdócio, condição que nem sempre atinge.
DJIGUITS Cavaleiros do Cáucaso, famosos por sua destreza.
ESSAUL Capitão dos cossacos.
ESTAROSTE Fidalgo polonês que tinha a posse de uma estarostia.

FÉDIA Hipocorístico de Fiódor.
FURRIEL Graduação militar superior a cabo e inferior a sargento.
GAON Decano dos rabinos.
HETMAN, ATAMAN Corruptela do alemão *Hauptmann,* comandante supremo dos cossacos.
IBN-EZRA (Abraham ben-Meir, 1089-1167) Célebre sábio medieval, estudioso da Bíblia.
ISBÁ Casa camponesa russa, em geral de madeira de pinheiro.
IZVIÉSTIA "Notícias", órgão oficial do Soviete Supremo.
KACHA Papa de trigo sarraceno.
KÁMENIEV, S. S. (1883-1936) Antigo oficial do tsar, serviu ao Exército Vermelho, tornando-se comandante em chefe das Forças Armadas em 1924.
KHATA Casa do camponês ucraniano, semelhante à isbá russa.
KHEDER Escola primária judaica para religiosos.
KHMIÉLNITSKI, BOGDAN (1595-1657) *Hetman* dos cossacos na insurreição contra a Polônia, que resultou na incorporação da Ucrânia à Rússia.
KOMINTERN Abreviatura de Internacional Comunista.
KULAK Camponês rico na vigência da Nova Política Econômica (NEP, 1922-28). O termo adquire conotação pejorativa, passando a designar especuladores, contrabandistas, etc.
KVAS Bebida típica russa, feita de pão de centeio fermentado.
LÊNIN, VLADÍMIR ILÍTCH ULIÁNOV (1870-1924) Advogado, político, escritor e teórico do marxismo, líder e militante do movimento socialista na Rússia e no exterior, chefe da Revolução de Outubro de 1917 e fundador do Estado Soviético, presidente do Conselho dos Comissários do Povo após a Revolução de Outubro e do Comitê Central do Partido Comunista.
MAIMÔNIDES (Moishe ben-Maymon ben-Iosif, 1135-1204) Célebre sábio medieval, também conhecido como Rambam.
MAKHNÓ, NIÉSTOR IVÁNOVITCH (1889-1934) Anarquista ucraniano que liderou o insurgente exército revolucionário da Ucrânia, comandando os assim chamados Verdes contra os Vermelhos na luta contra os Brancos. Ficou famoso por sua crueldade, suas traições e os *pogroms* que instigou contra os judeus.
MATIUCHA, MATIUCHKA, MÓTIA Hipocorísticos de Matviéi.
MICHA Hipocorístico de Mikhail.

MOLOKAN Literalmente, "bebedor de leite", membro de uma seita cristã russa cujos fiéis eram vegetarianos e faziam voto de não derramar o sangue de nenhuma criatura. Por isso eram pacifistas e se recusavam a combater. Os adeptos da seita não reconheciam os sacramentos, eram iconoclastas e distinguiam-se por tomar leite (*molokó*) na Quaresma.

MUJIQUE Camponês russo.

NARKOMINDEL Sigla soviética de Comissariado do Povo para Assuntos Estrangeiros.

NÁSTIA Hipocorístico de Nastassia.

NICOLAU I (1796-1852) Tsar, reinou de 1825 a 1852 e foi responsável pelo período mais repressivo da história do império russo.

NICOLAU II (1868-1918) Último tsar russo.

PACHA, PACHKA, PÁVLIK Hipocorísticos de Pável.

PAN e PANI Senhor e senhora, em polonês.

PAULO I (1754-1801) Tsar, filho de Pedro III e Catarina II, foi morto numa conspiração palaciana, da qual seu filho e sucessor, Alexandre I, parece ter participado.

PCR Partido Comunista Russo.

PEDRO I, O GRANDE (1672-1725), tsar responsável pela fundação de São Petersburgo e pela implementação de uma série de reformas com o propósito de modernizar a Rússia a partir de modelos europeus.

PEDRO III (1728-62) Tsar, casado com Catarina II.

PILSUDSKI, JOSEPH (1867-1935) Dirigente polonês que lutou pela independência de seu país.

POLITOTDIEL Sigla soviética para Departamento Político, responsável pela propaganda entre os combatentes.

PRAVDA "A verdade", principal jornal soviético, órgão oficial do CC.

PUD Antiga unidade de medida russa, equivalente a 16,38 kg.

RACHI, ou Solomon Iskhak (1040-1105) rabino, renomado comentador da Bíblia e do Talmude.

REB Rabino.

REVCOM Comitê revolucionário.

RZECZPOSPOLITA República da Polônia.

SACH, SACHA, SACHKA, SÁCHOK Hipocorísticos de Aleksandr ou Aleksandra.

SECPOLIT Seção Política.

SERINGA DE TARNOV Injeção à base de arsênico, usada naquele tempo para tratar a sífilis.
SIENKA Hipocorístico de Semion.
SPIRKA Hipocorístico de Spiridon.
SHRAPNEL Míssil de fragmentação.
STANITSA Aldeia cossaca.
STIOPA, STIOPKA Hipocorísticos de Stepan.
SOVIETE Conselho de operários, camponeses e soldados que a partir de 1917 se tornou um órgão deliberativo da União Soviética.
SZLACHTA Designação polonesa para a classe dos senhores feudais na Europa Central. No original, a palavra aparece em sua forma russificada.
TALETE Véu com que os judeus cobrem os ombros, ao recitar orações.
TATCHANKA Carroça aberta, com uma metralhadora montada na traseira.
TCHEKÁ Policia secreta soviética entre os anos de 1918 e 1922.
TCHERKESKA Cafetã comprido e justo usado no Cáucaso.
TCHUBÓK Cada uma das cânulas removíveis do cachimbo turco.
TELEGA Carroça de quatro rodas, de tração animal, usada para transportar carga e pessoas nas zonas rurais da Rússia.
TÍMOCHKA Hipocorístico de Timofei.
TRÓTSKI, LEV (nome de guerra de Lev Davídovitch Bronstein, 1879-1940) Líder bolchevique. Teórico da "revolução permanente" e do "comunismo internacional". Depois da Revolução de Outubro de 1917, participou ao lado de Lênin do núcleo central de poder, inicialmente como responsável pelas Relações Exteriores e como organizador do Exército Vermelho. Após a morte de Lênin e a ascensão de Stálin, caiu em desgraça. Foi exilado em 1929 e assassinado no México, a mando do ditador, em 1940.
TSADIK Forma alternativa para rabino, significa "homem justo".
VÂNIA Hipocorístico de Ivan.
VASKA, VÁSSIA, VASSILIOK Hipocorísticos de Vassíli.
VERDES Anarquistas do campo, comandados por Makhnó, que se misturavam a bandos armados de camponeses, que haviam desertado do exército tsarista e se embrenhado nas florestas.
VERMELHO Bolchevique, soldado do Exército Vermelho.
VERSTA Antiga unidade de medida russa, equivalente a 1,067 km.
VOLIN Guerrilheiro, partidário de Makhnó.

VÓLOST Menor divisão administrativa na Rússia até 1930.
VOROCHÍLOV, KLIMENT EFRIÉMOVITCH (1881-1969) Comissário do povo, membro do *Presidium* do Comitê Central do Partido Comunista, marechal da União Soviética.
ZAVÁLINKA Banco de terra que circunda a isbá, para proteção contra as intempéries e também usada como assento.
ZLOTY Moeda polonesa.
ZRAZY Almôndegas agridoces.

Conheça os títulos da Coleção Clássicos de Ouro

132 crônicas: cascos & carícias e outros escritos — Hilda Hilst
24 horas da vida de uma mulher e outras novelas — Stefan Zweig
50 sonetos de Shakespeare – William Shakespeare
A câmara clara: nota sobre a fotografia — Roland Barthes
A conquista da felicidade — Bertrand Russell
A consciência de Zeno – Italo Svevo
A força da idade — Simone de Beauvoir
A guerra dos mundos — H.G. Wells
A ingênua libertina — Colette
A mãe — Máximo Gorki
A mulher desiludida — Simone de Beauvoir
A náusea — Jean-Paul Sartre
A obra em negro — Marguerite Yourcenar
A riqueza das nações — Adam Smith
As belas imagens (e-book) — Simone de Beauvoir
As palavras — Jean-Paul Sartre
Como vejo o mundo — Albert Einstein
Contos — Anton Tchekhov
Contos de terror, de mistério e de morte — Edgar Allan Poe
Crepúsculo dos ídolos — Friedrich Nietzsche
Dez dias que abalaram o mundo — John Reed
Física em 12 lições — Richard P. Feynman
Grandes homens do meu tempo — Winston S. Churchill
História do pensamento ocidental — Bertrand Russell
Memórias de Adriano — Marguerite Yourcenar
Memórias de uma moça bem-comportada — Simone de Beauvoir
Memórias, sonhos, reflexões — Carl Gustav Jung
Meus últimos anos: os escritos da maturidade de um dos maiores gênios de todos os tempos — Albert Einstein
Moby Dick — Herman Melville
Mrs. Dalloway — Virginia Woolf
O banqueiro anarquista e outros contos escolhidos — Fernando Pessoa
O deserto dos tártaros — Dino Buzzati
O eterno marido — Fiódor Dostoiévski
O Exército de Cavalaria — Isaac Bábel
O fantasma de Canterville e outros contos — Oscar Wilde

O filho do homem — François Mauriac
O imoralista — André Gide
O muro — Jean-Paul Sartre
O príncipe — Nicolau Maquiavel
O que é arte? — Leon Tolstói
O tambor — Günter Grass
Orgulho e preconceito — Jane Austen
Orlando — Virginia Woolf
Os mandarins — Simone de Beauvoir
Retrato do artista quando jovem — James Joyce
Um homem bom é difícil de encontrar e outras histórias — Flannery O'Connor
Uma morte muito suave (e-book) — Simone de Beauvoir

DIREÇÃO EDITORIAL
Daniele Cajueiro

EDITORA RESPONSÁVEL
Ana Carla Sousa

PRODUÇÃO EDITORIAL
Adriana Torres
Mariana Bard
Juliana Borel

REVISÃO
Carolina Rodrigues
Rachel Rimas
Rita Godoy

CAPA
Victor Burton

DIAGRAMAÇÃO
Filigrana

Este livro foi impresso em 2021
para a Nova Fronteira.